# 我心目中的赵树理研究

赵魁元 著

山西出版传媒集团

山西人民出版社

图书在版编目(CIP)数据

我心目中的赵树理研究 / 赵魁元著. -- 太原：山
西人民出版社，2025.3. -- ISBN 978-7-203-13785-6

Ⅰ. Ⅰ206.7；K825.6

中国国家版本馆 CIP 数据核字第 2025RY5006 号

**我心目中的赵树理研究**

| | |
|---|---|
| 著　　者：| 赵魁元 |
| 责任编辑：| 吕绘元 |
| 复　审：| 刘小玲 |
| 终　审：| 武　静 |
| 装帧设计：| 李媛媛 |

出 版 者：山西出版传媒集团·山西人民出版社
地　　址：太原市建设南路21号
邮　　编：030012
发行营销：0351 - 4922220　4955996　4956039　4922127(传真)
天猫官网：https://sxrmcbs.tmall.com　　电话：0351 - 4922159
E-mail：sxskcb@163.com 发行部
　　　　　sxskcb@126.com 总编室
网　　址：www.sxskcb.com

经 销 者：山西出版传媒集团·山西人民出版社
承 印 厂：晋城市雅彩印刷有限公司

开　　本：787mm×1092mm　1 / 16
印　　张：13.25
字　　数：180千字
版　　次：2025年3月　第1版
印　　次：2025年3月　第1次印刷
书　　号：ISBN 978-7-203-13785-6
定　　价：78.00元

# 赵树理之问：是什么，为什么 <small>(代序)</small>

2019年是新中国成立70周年。

这一年，不想上文坛，只想摆"文摊"的赵树理进了北平城，于1949年7月2日—7月19日参加了中华全国文学艺术工作者代表大会（以下简称第一次文代会），并当选为中华全国文学艺术界联合会（简称全国文联）、中华全国文学工作者协会（简称全国文协）常务委员；9月21日—9月30日，作为文艺界代表之一，出席中国人民政治协商会议；10月1日，登上天安门观礼台，参加开国大典。

赵树理是以胜利者的身份进入北平的。7月6日晚7时20分，毛泽东突然出现在文代会。赵树理热血沸腾，终于见到了毛泽东。赵树理清楚，是毛泽东《在延安文艺座谈会上的讲话》（以下简称《延安讲话》）赋予了赵树理文学强大的生命力。

赵树理决心大干一番。他要像过去夺取被封建文化占领的农村阵地那样，夺取城市文化的阵地，在城市文艺大众化上闯出一条路来。

然而，赵树理遇到了一个意想不到的难题。他的小说被翻译并在国外出版的同时，他在国内却开始遇到了质疑和批评。在肯定的同时，遇到了否定。就文学评论来说，这是正常现象；对赵树理来讲，却不正常。肯定之后的否定，否定之后的再肯定。这就是20世纪中国文学史上最为独特、最有代表性的赵树理现象。

历史的发展在某一时期、某一时段、某一时刻可能是不公正的，但历史的长河是公正的。令人欣慰的是,进入21世纪,肯定赵树理、研究赵树理的人越来越多,声音越来越强,许多学者的研究有了新的突破。

作为赵树理研究的后来者和热心人,笔者只能谈谈学习这些研究成果后的感想和体会。笔者的问题是赵树理之问:是什么,为什么。

## 是什么

也许有人会说,这个问题太简单了。刚接触赵树理研究时笔者也是这样想的,因为在赵树理身上有以下几个光荣而鲜明的称号:

赵树理方向

人民作家

当代语言艺术大师

铁笔 圣手

关于"赵树理方向"的来龙去脉非常清楚,文中将重点涉及,这里不再展开。

关于"人民作家",在太行、太岳抗日根据地早期关于赵树理的宣传报道中,多称他农民作家,有时也称人民作家,称他人民作家最权威的报道是1949年9月30日《人民日报》荣安的《人民作家赵树理》。

荣安称赵树理为人民作家,是有充分理由的。毛泽东出席文代会时说:"你们都是人民所需要的人,你们是人民的文学家、人民的艺术家或是人民的文学艺术工作的组织者。你们对于革命有好处,对于人民有好处。因为人民需要你们，我们就有理由欢迎你们。"

据说，毛泽东在听取汇报时，有人说农民作家赵树理如何如何，毛泽东则称赵树理为人民作家。毛泽东关于人民作家称谓的含义是非常深刻的，不仅是对赵树理身份的提升，而且明确了新中国成立后，希望文学艺术要从为工农兵服务提升到为人民服务的高度。

关于"当代语言艺术大师"，1956年在北京召开的中国作家协会第二次理事扩大会议上，周扬将赵树理和茅盾、巴金、老舍、曹禺称为"当代语言艺术大师"。这是非常重要的一次关于赵树理文学的定位。

文艺界公认，赵树理文学的特色之一是语言。"最成功的是语言"（郭沫若语），"向人民学习，善于吸收人民的生动朴实而富于形象的语言之精华"（茅盾语），"语言的创造"（周扬语），"简练而丰富的群众语言"（陈荒煤语），"高度提炼得纯真、干净、朴质的群众语言，简洁、利落、朗朗上口的文学"（康濯语）。诗人、学者邵燕祥说："赵树理中后期的小说，从他民族语言特别是民间口语宝库中提炼的、臻于炉火纯青的艺术语言，为母语文学留下无法替代的贡献。不承认这一点就是对中国现代文学的无知。"杜学文多次提到，以赵树理为代表的山西作家为汉语现代化做出了不可替代的贡献。

笔者举一个例子，上海知识出版社于1956—1957年出版了《汉语知识讲话》丛书，共40本。1984年11月，上海教育出版社（其前身即上海知识出版社）为适应干部年轻化、知识化的需要，重印了这套丛书。关于例句，大多出自经典作家，如鲁迅、茅盾、巴金、老舍、曹禺等人的作品，但被引用次数最多、排在第一位的是赵树理的作品，如《小二黑结婚》《李有才板话》《三里湾》等。

关于"铁笔""圣手"，1962年8月2日—8月16日，中国作协召开大连会议,其目的是繁荣农村文学,但为赵树理平反和重新肯定赵树理似乎成了会议的热点。

20世纪50年代,马烽、西戎、孙谦、胡正回到山西,与李束为会合,他们是《延安讲话》精神培养出来的文艺工作者。《山西文艺》1958年更名《火花》,因马烽等人的回归实力大增,为繁荣农村文学带了头。善于发现和培养典型的周扬来到山西调研,为山西作家鼓劲。对山西文学而言,有了知名作家,似乎还缺少一个领军人物。编辑部自然而然地将目光盯在了常回山西的赵树理身上,更何况因《三里湾》的出版,赵树理又一次名声大噪。《火花》编辑韩文洲一再和赵树理约稿而不见稿,不得不追到长治,赵树理只好放下即将完稿的《灵泉洞》,赶写出了《"锻炼锻炼"》这篇在文学史上争议不断又大放异彩的经典小说。

被"大跃进"开始时的成就感动,赵树理从朝鲜回国后迫不及待地要求山西省委派他回阳城(当时沁水县和阳城县合并)挂职县委书记处书记。赵树理一接触实际,对浮夸风大为恼火。在反复思考后,他随即给陈伯达、邵荃麟写信反映问题,恰遇彭德怀在庐山会议受到批判,全国开始了反右倾运动。赵树理撞到了枪口上,被中国作协作为靶子猛批,倔强的赵树理拒不认错。

大连会议给予了赵树理很高的评价,说他是描写农村题材的"铁笔""圣手",康濯则称赵树理是"短篇小说大师"。到了1964年,赵树理又作为创作中间人物的典型而受到批判。

不仅如此,赵树理还是戏剧家,为家乡的上党梆子做出了突出的贡献,写了7部戏。由他改编并拍成电影的《三关排宴》已成为中国戏曲电影的经典之一。

赵树理是名副其实的曲艺家,他是新中国曲艺事业的开创者、组织者和领导者,因此他在文艺界获得了唯一的领导身份:中国曲艺家协会主席。

同中国现代文学许多大家一样,赵树理还是编辑大家。最出名的当然是抗日战争时期一个人采编印《中国人》报,新中国成立后主编《说说唱唱》。赵树理同许多编辑大家一样,视发现人才、培养人才为其天然职责。他对陈登科的发现和培养,就为中国文学史留下了浓墨重彩的一笔。

由于中国历史和中国革命的特殊性,使得中国现代经典作家兼有革命战士和革命作家的双重身份。在一般人的认知中,赵树理和其他经典作家的区别似乎在于,其他人具有现代知识分子的特性,赵树理则是地地道道的农民秉性,然而事实并非如此。1959年受到大批判,赵树理讥讽自己是"知识分子中的傻瓜,农民中的圣人"。令人可喜的是,从席扬开始,到钱理群、赵勇,在他们的研究中,越来越深刻地认识到赵树理的知识分子属性。

这是新时期赵树理研究的重大突破之一。

关于赵树理身份的认定,笔者一开始接受的是:赵树理是精通农业生产的行家里手、农业生产管理专家、农民利益的忠实代言人、农村经济学家。近几年参加了中国社会科学院文学研究所开展的社会史视野下的中国文学研究,笔者的思路豁然开朗,赵树理是杰出的农村社会学家。

改革开放以来,我们对国情最实事求是的认识,就是我们仍处在并将长期处于社会主义初级阶段。改革开放的第一炮就是安徽小岗村的大包干,就是不断完善和形成的以家庭联产承包责任制为基础的农村基本经济制度。赵树理拥护初级农业生产合作社,对高级农业生产合作社的某些问题犹豫不定,到了人民公社时期则坚决反对共产风、浮夸风。在迷茫中赵树理开始深思,在怀疑中他开始清醒,上对党中央负责、下对老百姓负责的共产党员责任,迫使他开始给领导写信。没有回音,就接着写。从"大跃进"追溯到农业生产合作社,从实际情况上升到理论探讨,从生产力实际联系到生产关系,从人民公社管得过宽、过多、过死到如何调动基层积极性……他把实际和理论紧紧地结合在一起,他成了理论家,找出了问题的症结:是党的农村政策出了问题。到了大连会议,他更是直言农民生活的困苦。1989年李准评价赵树理时仍激动地说:"赵树理了不起,大胆反思,敢于说心里话,精彩极了。没有人能赶上他,他走在知识分子的前头。"

就文学创作而言,一再下决心不写了的赵树理,却下定决心创作一部长篇小说《户》。兼职晋城县委副书记的赵树理,在下乡蹲点的日子里,整夜整夜披件大衣坐在椅子上构思。他打算写100多个人物,80多万字,通过3户农民家庭,描写中国农村的巨大变化,塑造出社会主义时期的农民英雄形象。

赵树理是什么?

简而言之,赵树理是中国现当代著名的小说家、戏剧家、曲艺家。

笔者的想法是:赵树理是真正的共产党人、中国杰出的农村社会学家。


## 为什么


洪子诚在其开创性的《中国当代文学史》中,专门写了一节《赵树理的"评价史"》,其含义是深刻的:"对赵树理小说和他的文学观的评价,一直是众说纷纭,有的看法且相距甚远。即使是左翼文学界的内部,评价也总不是一律。"

2012年9月12日,《文艺报·经典作家专刊·经典作家之赵树理篇》发表孟繁华的《赵树理现象综论》一文。他在文中指出:"在这一题材制作中,赵树理是一个非常独特的现象:一方面他是成功实践《延安讲话》,'遵循革命现实主义'创作原则的作家,'赵树理方向'被肯定为所有作家都应该学习和坚持的方向;一方面新中国成立后他又屡屡遭到批评/肯定的反复过程。这个看似矛盾的现象,对赵树理本人来讲是痛苦和不幸的,但对于当代文学的发展过程而言,赵树理的遭遇恰恰从一个方面反映了当代中国的复杂性、矛盾性和不确定性。所以,'赵树理现象'不仅仅关乎赵树理文学,而且关乎中国当代文学,是值得深入研究的大课题。"这就是赵树理之问的为什么。

笔者有三点体会或者说三点看法:

第一,《延安讲话》、"赵树理方向"、赵树理文学三者之间的同、异、通及其张力是形成赵树理现象的内在原因。

由于抗日战争的残酷,也由于毛泽东的慎重,《延安讲话》在延安《解放日报》(以下简称《解放日报》)公开发表的时间是1943年10月19日,那天也是鲁迅逝世7周年纪念日。赵树理在创作《小二黑结婚》和《李有才板话》时并没有听到《延安讲话》,这是历史的真实,赵树理曾多次说过。因此把问题简单化为赵树理是学习了《延安讲话》之后创作出《小二黑结婚》和《李有才板话》,显然是不准确的,但由此而否定其与《延安讲话》的关联也是错误的。

可以肯定地说,赵树理在认真学习了毛泽东的《新民主主义论》后,对大众化文学的认识和对鲁迅的认识两个方面都实现了提升。1941年10月,纪念鲁迅逝世5周年,赵树理在《抗战生活》上发表文章《多看看》纪念鲁迅:"根据地已是新民主主义社会了,可是我们在文艺作品中反映得还有限。假如鲁迅先生健在,他看到这样的新社会,说不定已有一部比《阿Q》更伟大的作品出世了。然而他老人家已经离开我们五年了,为了使我们能够有新的杰作出现,大家自然该喊一句'在创造上学习鲁迅先生'的口号。"这更是赵树理对自己提出的要求。

赵树理从事宣传文化工作的太行抗日根据地,正是按照党中央和毛泽东的要求,在动员组织民众反抗日本侵略者的同时,开始了新民主主义文化建设的探索和实践。先后担任北方局书记的彭德怀和邓小平都大声疾呼:要在根据地提倡、坚持、发展民主的、大众的、科学的新民主主义文化。1942年1月16日,邓小平在太行文化界座谈会上讲话,要求"每个文化工作者要做农村社会调查"。1942年5月,延安文艺座谈会召开之时,正是太行抗日根据地最危难之时,八路军总部被袭,左权、何云、北方局调查研究室全体同志牺牲,赵树理也差点遇难。1942年冬,赵树理被调入北方局党校调查研究室。他正是在下乡调查研究中发现岳冬至案件的基础上创作出了《小二黑结婚》,所以彭德怀题词:"像这种从群众调查研究中写出来的通俗故事还不多见。"

现在越来越多的人认识到:《延安讲话》和《小二黑结婚》《李有才板话》是毛泽东和赵树理对抗战时期革命文艺如何服务于抗日救亡、服务于抗日战争的主力军——工农兵群众这一大局的契合,是理论和实践的统一,是历史与逻辑的统一。

正如王瑶先生1984年在第一次赵树理学术研讨会上发言所指出的那样:"我觉得他是学习了《延安讲话》以后才创作还是先创作再学习《延安讲话》这个问题不重要,重要的是产生这样作品的历史条件,包括毛主席《延安讲话》的发表,它都有一定的历史条件。就是说,在那个时代,即40年代,中国的历史条件已经具备了,可以产生毛主席的讲话。赵树理也是生活在这个条件下。正是从这点出发,我们说,赵树理同志在现代文学的发展上是有功绩和地位的。"

2011年6月1日,中国作协主席铁凝在《人民日报》发表文章《追寻红色岁月足迹,坚持中国特色社会主义文学道路》。文章说:"1942年之后,在毛泽东同志《在延安文艺座谈会上的讲话》精神的指引下,广大作家与文学工作者自觉地将文学事业与时代人民结合在一起,解放区的一大批作家更是积极投入火热的生活中去,形成了一支作风过硬、创作力极强的队伍,赵树理、丁玲、贺敬之、柳青、周立波等创作出大量优秀的,为人民喜闻乐见的文学作品。"

真正需要引起重视的是,"赵树理方向"是在什么样的历史背景或者说在什么样的历史条件下提出来的。赵树理的成名作发表的时间是1943年后半年,中国还处在抗日战争相持阶段。赵树理的作品反响很大,但主要是在太行、太岳抗日根据地,后来也影响到了晋察冀、晋绥和山东抗日根据地。在重庆和上海也有杂志刊载,但影响有限,《解放日报》也未做过宣传和报道。《解放日报》发表的第一篇赵树理的小说《地板》是1946年6月9日。半个月后,开始连载《李有才板话》,并配发了冯牧的评论。8月26日,发表了周扬的《论赵树理的创作》。

周扬认为:"赵树理同志的作品是文学创作上的一个重要收获,是毛泽东文艺思想在创作上实践的一个胜利。"从此,赵树理与毛泽东联系在了一起,赵树理文学与《延安讲话》联系在了一起。

笔者认为,在伟大的解放战争中,用毛泽东《延安讲话》精神武装起来的宣传、文化文艺队伍,发挥了重要的作用。他们用文艺作品热情讴歌"解放区的天,是明朗的天",有力地争取了国统区的民心,对共产党认同和向往。这支队伍中,以周扬为代表的组织者和以赵树理为代表的文艺家,走在了时代的前列。

1946年,周扬出任晋察冀中央局宣传部部长,他深知自己的历史使命,也深知典型的重要。作为马克思文艺理论家,周扬把目光盯在了赵树理身上。赵树理的两个条件是别的作家不具备的:一是解放区成长、共产党培养起来的作家,二是已创作出了在解放区影响很大的作品。周扬做了一定的准备,在认真阅读了赵树理的作品,让赵树理简述自己的创作历史,征求杨献珍的意见,听取郭沫若、茅盾等人对赵树理作品的评价之后,写出了《论赵树理的创作》,在《解放日报》发表。这距离《小二黑结婚》《李有才板话》发表已快3年了。

周扬并不满足于仅仅在解放区宣传赵树理,他要到国统区去宣传。1946年7月,周扬将刚编印好的赵树理的小说集带到上海,推荐给郭沫若、茅盾、邵荃麟、朱自清后,他们都写了评论文章,肯定了赵树理的创作。赵树理的影响开始遍及以上海、重庆、香港为中心的整个国统区。

1947年7月25日,晋冀鲁豫边区文联召开文艺座谈会,赵树理详细介绍了自己的创作过程和方法。在讨论中,大家实事求是地研究作品,参考郭沫若、茅盾、周扬等人对赵树理作品的评论,最后达成共识,认为赵树理的创作精神及其成果,实应为边区文艺工作者实践毛泽东文艺思想的具体方向。

1947年8月10日,《人民日报》(晋冀鲁豫版)发表了陈荒煤的文章《向赵树理方向迈进》。从此,赵树理成为共产党树立的"方向性"作家,赵树理成为一面旗帜。请注意,"赵树理方向"是边区文艺工作者实践毛泽东文艺思想的具体方向;此时的《人民日报》是晋冀鲁豫中央分局的机关报,而并非后来的党中央机关报。

所以,历史和时代给了赵树理文学崛起的机遇。《延安讲话》和解放战争这两个重要的历史条件,奠定了赵树理文学在中国文学史上的特殊地位,二者缺一不可。解放战争这个条件非常重要,没有这个历史条件,"赵树理方向"就不可能被提出来。正如孙犁所言,"这一作家的陡然兴起,是应大时代的需要产生的。是应运而生,时势造英雄。"

随着新中国成立,中国社会主义革命和建设开始,《延安讲话》、"赵树理方向"、赵树理文学三者之间的关系开始变得复杂起来。社会主义生产资料所有制改造完成后,仍把阶级斗争作为主要矛盾,"左"的思潮愈演愈烈,在新民主主义革命时期完全正确的赵树理文学在社会主义时期有时忽然不正确了,甚至错误了。

在庆祝新中国成立的欢呼声中,中国共产党成了执政党,解放区的方向自然代表了新中国的方向,《延安讲话》自然是新中国文艺前进的方向,代表着解放区文艺方向的"赵树理方向"自然成了新中国文艺方向的重要指向。在不经意间,"赵树理方向"被提升了。人们并没有想到,"赵树理方向"的提升为随后否定赵树理文学留下了空间。

作为战略家的毛泽东,心中始终谋划着新民主主义革命胜利之后如何进行社会主义革命。紧跟共产党和毛泽东的文艺理论家和评论家,更加自觉地运用马克思主义文艺理论来阐释《延安讲话》,进而用《延安讲话》精神来规范"赵树理方向",用"赵树理方向"来评价和要求赵树理创作。这在新中国成立前夕就开始了。

解放战争胜利之快,出乎所有人的预料。其中一个重要原因,是共产党坚决地推进土地改革,亿万贫苦农民有了自己的土地,翻身当了主人,听毛主席的话,跟共产党走,形成了巨大的推动历史前进的动力。代表帝国主义、封建主义、官僚资产阶级利益而根本不管农民死活的国民党政权很快土崩瓦解。土地改革成了作家反映时代进步的最好题材。紧跟形势的赵树理自不落后,于1948年10月在《人民日报》发表了《邪不压正》。《人民日报》先后发表了6篇评论和1篇编者文章《展开论争 推动文艺运动》。同以往一致赞同的声音不同,这一次肯定和否定的声音都很强烈。赵树理对否定的看法置之不理,因为他随即看到了毛泽东的《目前的形势和任务》,认为他的创作是符合毛泽东的要求的。30年后,人们才发现,赵树理是正确的。进入21世纪,罗岗、倪文尖等对《邪不压正》进行了多方位的阐释。

继而是《金锁》风波。赵树理在自己担任主编的《说说唱唱》上发表了孟淑池的小说《金锁》,受到批评和指责后,赵树理先后做出两次检查。

谢泳认为,1949年后,当赵树理的文学创作活动越来越多地与主流意识形态冲突的时候,他的悲剧命运也就不可避免了。谢泳称之为百年中国文学中的"赵树理悲剧"。

1978年赵树理平反后,赵树理研究全面展开不久,却再次出现了否定赵树理的现象。一些人紧紧抓住赵树理的两句话"老百姓喜欢看,政治上起作用"不放,把赵树理作为文艺必须服从于政治的典型代表,这是对赵树理的曲解。赵树理开始讲的政治,是抗日战争和解放战争,这样的政治有错吗?

第二,西方文学、苏俄文学、中国现当代文学的同、异、通及其张力是形成赵树理现象的外部条件。

五四运动对中国社会变革的影响既是深远的,也是多方面的,催生了中国的新文化,催生了五四新文学。新文学是全面向西方学习、向资产阶级文化学习的成果。俄国十月革命后,马克思主义传入中国,向西欧文学学习而自成高峰的苏俄文学同样成了中国文学学习的榜样。以鲁迅、郭沫若、茅盾、巴金、老舍、曹禺为代表的中国现代文学大师的文学之路就充分说明了这一点。与此同时,中国现代文学的优秀作品也已开始融入世界文学并产生了影响。新中国成立则为中国当代文学的对外传播创造了重要条件,使其迅速走向世界。

社会主义在中国的胜利,极大地提升了社会主义在全世界的影响力,改变了社会主义和资本主义两大阵营的力量对比。文学交流、文学影响成为中苏互相支持的重要内容。赵树理作品首先在苏联和东欧社会主义国家迅速传播开来。

在日本,赵树理文学同样得到了迅速传播。其中重要的原因,就是日本人民非常渴望通过社会主义在中国的胜利,反思日本军国主义的失败,寻求战后日本的出路。

毋庸讳言,由于近代中国的落后,中国没有经过漫长的西方文艺复兴,中国现代文学就其总体而言,特别是就其现代性而言是落后于西方和苏俄的。落后必须向先进学习,这是不可逾越的历史阶段,但是不能走极端,不能言必称希腊。完全以西方的文艺理论和文学标准来衡量、评价中国的20世纪文学,就会戴上有色眼镜,看花了眼,走入死胡同。

有的学者一方面高度肯定赵树理文学,另一方面始终不承认赵树理是一流文学家,就是按照西方的文艺理论评价赵树理的。有些人的理由很充分:赵树理的文学作品土得掉渣。通俗故事能算文学作品吗?新中国成立后,赵树理的作品迅速走向世界,先后在40多个国家和地区出版,对此我们该如何理解和解释呢?

西方文艺研究中19世纪末兴起的比较文学方法或许对认识这一问题有益。20世纪八九十年代,这种方法也被引入国内。我们借鉴比较文学的方法，不局限于中国文学与外国文学的比较，也运用于国内不同类型文学的比较。黄修己较早把比较文学的方法运用于赵树理文学同国内外经典作家关于农民、农村的文艺作品进行比较，他指出"文学是人学"和人道主义是相通的。黄修己文章中涉及的作品，有巴尔扎克的《农民》、雷蒙特的《农夫们》(1924年获诺贝尔文学奖)、涅克拉索夫的《严寒·通红的鼻子》、契诃夫的《农民》。特别是俄罗斯文学喊出了"庄稼人是人"的呼声。施战军认为，西方最杰出的乡村小说家是与彭托皮丹、哈姆生两位作家同时代，但没有获得诺贝尔文学奖的哈代。

这应该是深化赵树理研究的一个重大课题。事实上，日本学者对赵树理的研究不仅人数多，而且视野广阔。如竹内好在《新颖的赵树理文学》中认为："在赵树理的文学中，既包含了现代文学，同时又超越了现代文学，至少是有这种可能性。这也就是赵树理的新颖性。"又如釜屋修先生，毕生致力于中国现代文学研究，重点是赵树理研究，著有《赵树理评传》。釜屋修认为："我们学习和研究赵树理，就是要分析和探讨赵树理的创作道路、创作手法，从中受到启迪，从而寻求一条日本农民文学创作的正确道路，用以拯救行将消亡的日本农民文学，拯救被破坏得支离破碎的珍贵的日本传统的文学艺术遗产。"釜屋修的学生加藤山由纪，继老师之后担任日本中国当代文学研究会会长，一直坚持赵树理研究，并通过赵树理研究沟通中日文化交流。

第三，中国当代文学时代性、丰富性、不确定性三者之间的同、异、通及其张力为赵树理现象提供了生存和研究空间。

在肯定和否定声中赵树理文学并没有消失，因为赵树理文学是中国现当代文学研究和文学史研究怎么也绕不过去的一块基石和标本。除了前述两个原因外,在中国当代文学的生成中,赵树理文学有着顽强的生命力。

新中国成立后,迫切需要以人民文学代替工农兵文学,以社会主义文学代替新民主主义文学。怎么代替?用作品说话,需要经过文艺实践。十七年文学的实践、曲折、成果充分说明了这一点。这里不再展开,只举两个例子:一是东西总布胡同之争。1950年10月,赵树理邀请丁玲出席北京市大众文艺创作研究会成立1周年纪念会议。丁玲在讲话中肯定了赵树理组织研究会的成绩,同时批评通俗文艺"给群众带来一些不好的东西",并且用形象的比喻说道:"我们不能以量胜质,我们不能再给人民吃窝窝头了,要给他们面包吃。"窝窝头与面包的比喻,当即激怒了苗培时,他认为丁玲的讲话是荒谬的,因此被勒令检讨。

事情的背后却很复杂。

1949年党的七届二中全会后,全党确立的工作重心是从农村转移到城市,城市领导农村。丁玲犹如鱼遇到了水,决心大干一番,而赵树理犹如鱼离开了水,很不适应。

回到历史现场,应该说两种观点剑走偏锋,本属互补的关系却成了对立关系。这种非黑即白、非此即彼的对立思维和否定不同意见的思想十分有害,周扬试图调解而不见效。

二是《三里湾》《创业史》《山乡巨变》之比较。

这一点更有意义,既是赵树理、柳青、周立波文学艺术特色、风格之比较,且因70年后我们仍在比较,更具有历史意义和当下意义。

《三里湾》《创业史》《山乡巨变》三者之比较,是一个热门话题。笔者认为,2018年《文艺争鸣》第1期发表的洪子诚的文章《文学史中的柳青和赵树理(1949—1970)》分量很重,也很有代表性。这里摘录几段：

当代文学研究中,赵树理和柳青常被放在一起谈论。这是有道理的。他们是"十七年"写农村生活有成就的作家,他们的创作和文学道路,今天仍引发不限于文学问题的阐释和争论;这是"十七年文学"中并不多见的现象。另外,这两位作家不仅作为个体存在,还各自联结着不同的"作家群",形成有影响的理念和文学实践方式。

它们之间在文学—政治上的观念基本是相同的,但是也有差异,这种差异属于人民文艺内部……

面对社会主义现实主义这一被设定为"中国文学发展道路"的"原则",赵树理和柳青的反应显然不同。柳青凭借他更多来自19世纪西欧、俄国,以及新中国的文学素养,由衷地意识到和这一"原则"存在的差距。

未能做到更亲近社会主义,对赵树理来说,或许是不能(能力有限)。让素养、爱好、文学社会责任的理解上更接受民间戏曲、说书,不那么醉心"主题提炼"、升华的赵树理,归并入西欧、俄国现实主义文学(社会主义现实主义是它的延伸轨道),那是强人所难。但也许是不愿,他并不觉得自己的道路就是"落后"的,而且在"亲身感受"的农民"琐琐碎碎"的切身问题面前,无法做到视而不见,身轻如燕地"跳出来"。

在面对所感、所信和"应该怎样"的冲突上赵树理所选择的是直接发表自己的意见,争取决策者的重视,解决这些有关"国计民生"的问题。

关于赵树理与周立波之比较,多年来倾心研究周立波的贺绍俊写过不少文章,最有代表性的是2014年12月22日《文艺报·经典作家专刊·经典作家之周立波》发表的《周立波在乡土文学上的特殊意义》一文。贺绍俊在评价周立波时,很自然地以赵树理为参照做了比较:"周立波作为一名自觉投身革命的作家,也就会主动地以'赵树理方向'来要求自己的写作。他的第一部长篇小说《暴风骤雨》,反映东北农村改革,就是忠实地沿着'赵树理方向'来进行写作的。"

过去,我们不太重视的是:周立波、赵树理的成长道路完全不同。周立波是忠诚的左联战士,为了革命需要而刻苦学习西方文学并打下了深厚的基础,他在延安鲁艺给学员讲授西方文艺课,而且翻译了不少西方文学经典。他是革命战士,自觉地按《延安文艺》方向要求自己。周立波文学应该是革命文学、西方文学、中国传统文学共同影响下的成果。

严家炎主编的《二十世纪中国文学史》则从农村题材与乡土文学的区别入手,探讨周立波小说的个人特色,认为周立波是"在赵树理和柳青之间寻找到'第三条道路'",他是"现代'乡土文学'和当代'农村题材'之间的一个作家"。这种新视角拓展了研究空间。

笔者想说明的是:《三里湾》最初在《人民文学》连载是1955年的第1—4期,同年5月由通俗读物出版社发行单行本。

1955年7月31日,毛泽东做《关于农业合作化的报告》。

1955年周立波回到家乡益阳生活,1957年11月出版《山乡巨变》(上),1959年《山乡巨变》(下)完成。

而《创业史》呢?

柳青1952年到长安县落户,1954年春开始创作《创业史》,同年底完成第一部第一稿,1957年3月完成第一部第二稿。1959年4月

《延河》杂志开始连载，1960年5月《创业史》由中国青年出版社出版。从《三里湾》到《山乡巨变》，再到《创业史》，历时5年，中国形势发生了巨大的变化，合作化运动由初级农业生产合作社到高级农业生产合作社，直至"一大二公"的人民公社。这一切不可能不影响到柳青的创作和修改，柳青的心中究竟是如何想的？这已成为历史之谜。

北京大学教授贺桂梅多年来研究中国社会转型期的经典作家，在2015年出版的《赵树理与乡土中国的现代性》一书中，她对《三里湾》给予了高度评价：

> 《三里湾》可以说是赵树理对自己的乡村经验、文学观念具有双重自觉的产物。就乡村经验的自觉而言，这一方面是1949年赵树理进入北京，在城市环境中创作以市民为主体的大众文学遭到碰壁之后，重新回到农村题材的代表作品，另一方面也是他自觉地介入关于农业合作化运动在当时中国是否可行的理念论争的产物。就文学观的自觉而言，这是不满于新文学文坛而立志做"文摊文学家"的赵树理，在系统阅读西方文学名著、接受和消化社会主义现实主义创作原则的基础上，对他文学观的一次自觉演示。《三里湾》创作前后，赵树理少见地发表了多篇创作谈文章，较为系统地提出了"两套文学"（知识分子与人民大众）、"三份遗产"（古典的、民间的、外国的），以及"两种艺术境界""两种专家"等说法，并特别明确了以戏曲、曲艺为主要渊源的说唱文学传统的重要性。可以认为，《三里湾》是赵树理调集所有经验、知识、理论和文化储备而有意识地创作的一部文

学巅峰之作,其中包含着文学书写和历史想象的双重创造性实践。

　　这使得这部小说即便在表现合作化运动历史的诸多当代农村题材小说序列中,也是特殊的。它并不完全吻合于当代文学的主流话语,而更多地带有赵树理对中国乡村社会现代化与社会主义化的独特理解。


　　赵树理与孙犁、赵树理与汪曾祺文学之比较,近年来也有了新成果。

　　对赵树理与孙犁之比较,赵建国专门写了一本书《赵树理孙犁比较研究》,现摘录几句:"赵树理和孙犁是中国解放区文学中巍然并峙的两座高峰,在现当代文学中也是各自独具风格,有重要地位和影响的两位作家,他们在艺术上又是色彩非常不同的两面旗帜。""都是伟大的抗日战争改变了他们的命运,使他们成为著名的解放区作家。""赵树理和孙犁早期都喜爱鲁迅并都受到鲁迅的影响。"1978年11月11日孙犁写的《谈赵树理》应该是新时期纪念赵树理、研究赵树理很有分量和很有影响的文章。其中的几段,应该成为研究赵树理,甚至研究中国现当代文学的经典:"他的小说,突破了前此一直很难解决的,文学大众化的难关。""这一作家的陡然兴起,是应大时代的需要产生的。是应运而生,时势造英雄。""经济、政治、文艺,自古以来,就形成了一种非常固定,非常自然的关系。任何改动其位置,或变乱其关系的企图,对文艺的自然生成,都是一种灾难。"可惜我们对这些话重视得不够。笔者一直有个想法,如果把赵树理笔下的农村妇女、孙犁笔下的女性和丁玲笔下的莎菲、梦珂联系起来放在一起研究,是不是一部中国妇女解放史呢?

进入21世纪，一些学者把赵树理与汪曾祺联系起来研究，有重要的文学史意义。孙郁的文章，提示了汪曾祺对鲁迅、老舍、赵树理既传承又创新的文学史意义。赵勇则选择了《口头文化与书面文化：从对立到融合——由赵树理、汪曾祺的语言观看现代文学语言的建构》，抓住了赵、汪比较之核心。刘旭则认为："汪曾祺小说从革命时代的'大众化'话语中汲取民间向度，从古典小品文中汲取自由式文人意识，可以说是赵树理与沈从文的糅合，从而促成了中国文学语言的革命性变化，构成与西方文学截然不同的语言模式。"汪曾祺对赵树理文学评价最重要的一句话，似乎没有引起我们足够的重视："赵树理最可贵处，是他脱出了所有人给他规范的赵树理模式，而自得其乐地活出一份好情趣。"

让我们回到五四新文学，回到鲁迅，回到鲁迅研究。丁玲受鲁迅影响，许多学者都做过研究。周立波作为左联老战士，也受鲁迅影响。赵树理呢？

长期以来，一个细节误导了大家关于鲁迅与赵树理关系的研究。赵树理曾带着鲁迅的《阿Q正传》回到农村念给老百姓听，他父亲就很不喜欢，由此激发了赵树理下定走文学大众化、通俗化之路的决心。这就造成了一个误解，似乎赵树理走的是和鲁迅不同的道路。在纪念鲁迅诞辰100周年之际，董大中写了一篇文章《赵树理与鲁迅》，明确指出："赵树理在文学上所取得的成就，同鲁迅对他多方面的影响有直接的关系。""赵树理继承和发扬了鲁迅的这种批判精神和现实主义传统。"赵树理接受了鲁迅文学研究"为人生"的主张。同时期，陈继会的《新文学史上农村题材的两位开拓者：略论赵树理与鲁迅》、庄汉新的《鲁迅+赵树理=当代农民文学的新方向》等文章都有一定的代表性。近年来，许多学者的研究又重新关注了这一课题,如钱理群、成葆德、傅书华、刘旭等人的文章,这就涉及了中国现代文学史的一个重大课题:研究赵树理,不研究赵树理与鲁迅的关系,是不完整的。同样,研究鲁迅的传承,不延伸到赵树理也是不完整的,是不符合中国现代文学发展脉络的。弄清赵树理与鲁迅的关系,是打通中国现代文学史研究的节点之一。

钱理群在《岁月沧桑》中详细剖析了赵树理的三重身份及新中国成立后的处境、心境、命运,不仅肯定了赵树理的知识分子身份,而且肯定了赵树理与鲁迅之间的精神联系,认为赵树理的出现,也正是鲁迅的期待中的。"他正是'为大众设想的作家',他的'浅显易解的作品',确实'使大家能懂,爱看';他正是在新的'政治之力'创造的新社会里,终于出现的真正成为'大众中的一个人'的新型作家。"钱理群认为:"赵树理是一位探索中国农民问题,以此出发,思考中国社会主义问题,而且有自己的独立发现和理解,且能坚持的思想者,用为农民写作、从事农村实际工作两种方式参与农村变革的实践者。"

孙郁对赵树理深受鲁迅影响认识深刻:"赵树理的文章表面很土,其实有读书人少有的见识,识人之深可与鲁迅相比。""他读人很深,写各类人物都有特点,像传统说书里的人物,呼之欲出。可是这些人物与故事又没有旧文艺的老气与奴性,是解放了的文字,直面的是变革中的社会,不妨说有一种对百姓尊严的关照。这一点又是五四的遗绪,放大了鲁迅精神。"

在研究赵树理、重读赵树理、走近赵树理的过程中,笔者忽然想到,如果我们以《李家庄的变迁》为起点,延伸至《三里湾》,而将《小二黑结婚》《李有才板话》《孟祥英翻身》《福贵》《催粮差》《邪不压正》《登记》放在其中,我们必然会加深对赵树理文学的理解,加深对赵树理的认识。

今天,我们已经进入了中国特色社会主义新时代,伟大的时代需要激动人心的文学艺术。按照习近平总书记坚持以人民为中心的创作导向,坚定文化自信,坚持文化自觉,我们一定能够创作出新时代的经典作品来。

（本文原载《中国赵树理研究》2019 年第 3—4 期,收录于 2023 年由山西人民出版社出版的武健鹏主编的《赵树理纪念文集》。笔者时任中国赵树理研究会会长）

# 目　录

## 第一部分

## 第二部分

## 第三部分

# 第四部分

第一部分

# 赵树理与《延安讲话》

赵树理与《延安讲话》的关系,是赵树理研究再熟悉不过的话题。在相当长的时期内,二者的关系是以周扬《论赵树理的创作》为代表的论述:"赵树理同志的作品是文学创作上的一个重要收获,是毛泽东文艺思想在创作上实践的一个胜利。"

应该说,这个结论经受住了历史的检验。

一

随着历史的推移,赵树理创作的有些细节被披露出来,关键有两点:一是创作《小二黑结婚》《李有才板话》时,赵树理究竟听没听到《延安讲话》;二是《小二黑结婚》发表时,是不是受到压制。在专家学者的研究中,事实早已清楚,但由于政治语境的不断变化,使得事情变得复杂起来,也由于一些当事人的立场和口述史的不准确,影响了事情的本来面貌。

笔者简要说明一下自己的看法:

1. 由于抗日战争的残酷,赵树理在创作《小二黑结婚》《李有才板话》时并没有听到《延安讲话》,这是历史的真实。赵树理生前曾多次强调这一点。因此,把问题简化为赵树理是学习了《延安讲话》后创作《小二黑结婚》《李有才板话》显然是不准确的。《延安讲话》和《小二黑结婚》《李有才板话》是毛泽东和赵树理、统帅和战士对于抗战时期革命文艺如何服务于抗日救亡,服务于抗日战争的主力军——工农兵群众这一大局的契合,是理论和实践的统一,是历史与逻辑的统一。统帅和战士相互呼应,这是中国革命文艺史上的佳话。

2. 但由此而简单地否定《小二黑结婚》《李有才板话》同《延安讲话》的关联也是错误的。正如笔者在《赵树理与鲁迅》一文中所说,赵树理学习了毛泽东的《新民主主义论》后,在对大众化文学的认识和对鲁迅的认识两个方面实现了提升。赵树理从事宣传文化工作的太行抗日根据地,正是按照党中央和毛泽东的要求,在动员和组织民众反抗日本侵略者的同时,开始了新民主主义文化建设的探索和实践。先后担任北方局书记的彭德怀和邓小平疾呼:要在根据地提倡、坚持、发展民主的、大众的、科学的新民主主义文化。1942年1月16日,邓小平在太行文化界座谈会上讲话,要求"每个文化工作者要做农村社会调查,来丰富作品的内容"。正是有了他们的支持,赵树理、王春等人在根据地首先扛起了大众化文化的旗帜,并成立了通俗化研究会。

在1942年5月日军的大"扫荡"中,左权将军和北方局调查研究室的几十名同志都牺牲了。经彭德怀批准,北方局调查研究室归入党校。经杨献珍提议,赵树理被调入,集中精力调查研究,创作通俗故事,教育群众。正是在深入调查岳冬至案件的基础上,赵树理创作出了《小二黑结婚》。彭德怀非常高兴,题词:"像这种从群众调查研究中写出来的通俗故事还不多见。"

根据地从城市来的知识分子即所谓文化人看不起赵树理,不承认赵树理大众化的创作。彭德怀的题词推动了《小二黑结婚》的出版,更为重要的是,奠定了赵树理在抗日根据地文化中的地位,为解放战争时期周扬提升赵树理文学进入延安话语体系,起到了十分重要的作用。

邓小平主持北方局工作以后,在安排太行抗日根据地整风学习中,把《小二黑结婚》《李有才板话》列入学习参考资料。据马烽、西戎回忆,他们在《晋绥大众报》当编辑时,领导已要求他们把《晋绥大众报》真正办成"粗通文字的人能看懂,不识字的人能听懂"的通俗报纸。《小二黑结婚》《李有才板话》已从"老百姓喜欢看"提升到"政治上起作用"的层面。

3. 历史和时代给了赵树理文学崛起的机遇。1946年6月26日—7月5日,中国共产党建党25周年前后,《解放日报》文艺副刊用9天时间连载《李有才板话》;1946年8月26日,《解放日报》发表了周扬的《论赵树理的创作》。

1947年7月25日,晋冀鲁豫边区文联召开文艺座谈会,赵树理详细介绍了自己的创作过程和方法。在讨论中,大家实事求是地研究作品,并参考郭沫若、茅盾、周扬等对赵树理创作的评论,最后获得一致意见,认为赵树理的创作精神及其成果,实应为边区文艺工作者实践毛泽东文艺思想的具体方向。

1947年8月10日,《人民日报》(晋冀鲁豫版)发表了陈荒煤的文章《向赵树理方向迈进》。从此,赵树理成为共产党树立的"方向性"作家,赵树理成为一面旗帜。

4.《延安讲话》和解放战争这两个重要的历史条件,奠定了赵树理文学在中国文学史上的特殊地位,二者缺一不可。解放战争这个条件非常重要,没有这个历史条件,"赵树理方向"就不可能提出来。

解放战争胜利之快,从新民主主义到社会主义转变之快,使得党内一些人对社会主义革命和建设在中国快速发展的期望越来越高,步子越来越大,脱离客观实际,使得社会主义革命和建设的探索异常艰难。

反映在文学领域,《延安讲话》、"赵树理方向"、赵树理文学三者之间的关系开始变得复杂起来。革命战争时期,因对敌斗争的残酷,新民主主义的奋斗目标明确,人们把三者简单地联系起来、等同起来。社会主义生产资料私有制改造完成后,仍把阶级斗争作为主要矛盾,"左"倾思潮愈演愈烈,在新民主主义时期正确的赵树理文学在社会主义时期有时忽然不正确了,甚至错误了,有时又忽然正确了。好在,经过几次反复,对赵树理的认识终于趋于理性。

毛泽东究竟对《小二黑结婚》《李有才板话》说过什么话、表过什么态没有,至今仍是一个谜团,但有一点是肯定的,当有人向毛泽东汇报赵树理是农民作家时,毛泽东则肯定了赵树理人民作家的身份。毛泽东对赵树理作家身份的提升,意味着对他的新希望。从此,赵树理以农民作家、解放区作家、人民作家代表三重身份出现在中国文学艺术界。

# 二

探讨赵树理与《延安讲话》的关系,往往从《小二黑结婚》谈起。如果换个思路,探讨一下赵树理心目中的毛泽东,也是很有意义的。

在重读赵树理作品的过程中,特别是重读写于《小二黑结婚》之前的作品时,有一篇文章十分重要,即从1941年1月1日—4月9日连载于《中国人》报的《漫谈持久战》。

大家知道,毛泽东的《论持久战》发表于1938年5月,是毛泽东在延安抗日战争研究会上的演讲。毛泽东科学地分析了中国和日本的国情,准确预见了抗日战争的发展趋势和客观规律,提出了抗日战争的战略指导思想和战略方针。用《论持久战》统一全国人民的思想，无疑是中国共产党宣传工作的重点之一。

从抗战开始到1940年，太行、太岳抗日根据地的军民，在经历了多次同日军的残酷战斗，特别是百团大战后，已经形成稳固的抗日根据地，对日军的斗争也真正进入了相持阶段。用毛泽东《论持久战》的指导思想统一根据地军民的思想十分重要。《新华日报》（华北版）社长何云和副社长韩冰野经过研究后，将评论《论持久战》的任务交给了赵树理。赵树理不负众望，在认真拜读了《论持久战》之后，果然写出了十分精彩，老百姓喜欢看、听得懂的评论：《漫谈持久战》。

近年来对赵树理研究狠下了一番功夫，并认真读了赵树理文本的钱理群先生，用他的慧眼发现了《漫谈持久战》这篇评论文章的重要性："对毛泽东（以及以他为首的中国共产党人）的敬佩之情可以说溢于言表。这是赵树理第一次谈到毛泽东，是他与毛泽东神交的开始。""和毛泽东的关系，在赵树理的生命史上几乎是具有决定性意义的，因此，这里讨论的开端就是非常重要。""由此而产生了赵树理的理想与信念：跟着共产党和毛泽东走，中国农民就能最终摆脱落后与贫困，成为掌握自己命运的主人。这就意味着，赵树理对毛泽东与中国共产党的信服，是出于信仰，而非个人私利或赶时髦；他和毛泽东与中国共产党的关系，也就决定了他以后一生的命运。""赵树理也因此找到了自己的位置。"

毛泽东在《论持久战》中一再强调："如此伟大的民族革命战争，没有普遍和深入的政治动员，是不能胜利的。""怎样去动员？靠口说，靠传单布告，靠报纸书册，靠戏剧电影，靠学校，靠民众团体，靠干部人员。""不是将政治纲领背诵给老百姓听，这样的背诵是没有人听的；要联系战争发展的情况，联系士兵和老百姓的生活，把战争的政治动员，变成经常的运动。"赵树理自参加抗日斗争后，主要的工作就是宣传和动员民众。他读了毛泽东的文章后，一定是非常欣喜的，更加自觉地投身于宣传动员中。赵树理对自己的身份进一步明确了：革命战士。正如钱理群所言："赵树理的战斗岗位，他的一切活动，包括写作，都是一种'政治动员'工作，为党和毛泽东领导的革命战争服务，也就是为农民服务。农民同时也是战争动员的主要对象，而所谓'动员'，就是用党的思想来教育农民，用党的政策来发动群众。"这一段话说得何等深刻，是近年来赵树理研究的重要成果之一。

其实，我们把毛泽东的《论持久战》和赵树理的《漫谈持久战》联系起来读，也是非常有意义的。

赵树理对毛泽东的《论持久战》理解的深刻性、准确性和全面性，令人惊异。这不是本文的重点，笔者想说两点：一是该文既显示了赵树理具有大众化文学家潜力的一面，同时又显示了赵树理作为革命新闻战士杰出的一面，已相当成熟，是杰出的政论家和宣传家。用赵树理的话来讲，担心"群众不易懂毛主席原文，而要把它变成自己的话讲"。作为评论文章，赵树理深知：它的传播对象，或者说接受者，是太行抗日根据地的军民，主要是农民和穿上了军装的农民，而不是大城市里的知识分子。读赵树理的文章，真可谓识字的读得懂，不识字的听得懂。请看文章一开头：

　　有位毛泽东先生，下棋不知道怎么样，看抗战却看得十分清楚，作了一本说抗战的书，名叫《论持久战》。真有先见之明。三年来，全部战争的局势，都是照着他的话来的。

　　持久战就是熬着打。照他那书上说，长期熬着打，中国一定能得以最后的胜利，要想痛痛快快马上见个谁输谁赢，那中国就非吃大亏不可。

　　……

　　熬着打该怎样熬？怎样打？打到几时，熬到几时？最后胜利是不是确有把握？这些道理在毛先生那本书里说得字字透彻，让我以后在这《漫谈持久战》里慢慢道来。


　　二是对新民主主义的宣传。赵树理写这篇政论文时，《新民主主义论》已于1940年1月发表。赵树理的评论并没有局限于《论持久战》，《漫谈持久战》的最后一部分为《抗战胜利后的中国是个什么样子》。

　　《论持久战》发表时，主要目的是统一思想，批判亡国论和速胜论，指出中国必胜、日本必败的必然发展趋势，唤起中国人民抗日的决心和信心。

　　《新民主主义论》就不同了，明确提出了"我们要建立一个新中国"的奋斗目标。"我们共产党人，多年以来，不但为中国的政治革命和经济革命而奋斗，而且为中国的文化革命而奋斗；一切这些的目的，在于建设一个中华民族的新社会和新国家。"

　　毛泽东在《驳资产阶级专政》一节中指出：

　　　　中国有一句老话："有饭大家吃。"这是很有道理的。既然有敌大家打，就应该有饭大家吃，有事大家做，有书大家读。


　　深刻领会并敬仰毛泽东的赵树理把毛泽东新三民主义的思想和主张宣传得十分到位，请看下面这段话：

抗战胜利后的中国是个什么样子?

那时,人人有饭吃,人人有工作,国家事大家管,谁也不欺侮谁,人人享幸福。这样不就是人人都好过了吗?

这就是三民主义新中国。谁要真正是这样做,谁就是真正的救国救民的;谁要不照这样做,无论口里讲得多么好听,都是挂羊头卖狗肉的。

要想证明这种好过的日子将来是不是能实现,最好请看今日的抗日根据地。在这些根据地里,在抗战期间,就要给将来的好日子打下根基。


赵树理的心和毛泽东的心是相通的。

可惜,由于抗战条件极其恶劣,身处延安的毛泽东,并不知道有这样的一位宣传战士,将他的《论持久战》理解和宣传得如此生动而深刻,深入人心。


## 三

笔者想重点说一下,赵树理与毛泽东的第二次契合。据中央文献出版社出版的《毛泽东传》第1311页记载:

一九五一年九月,根据毛泽东的提议,全国第一次互助合作会议在北京召开。会议之后,形成《关于农业生产互助合作的决议(草案)》,这是中共中央关于农业互助合作运动的第一个指导性文件。

　　毛泽东直接主持这个文件的起草工作。文件写好后，他让具体负责起草工作的陈伯达向熟悉农民的作家赵树理征求意见。赵树理看了以后说，现在农民没有互助合作的积极性，只有个体生产的积极性。毛泽东从这个意见中受到启发。他说：赵树理的意见很好。草案不能只肯定农民的互助合作积极性，也要肯定农民的个体经济积极性。我们既要有农业生产合作社，也要有互助组和单干户。既要保护互助合作的积极性，也要保护个体农民单干的积极性。既要防右，又要防"左"。

　　这是迄今为止我们能够见到的直接论述毛泽东与赵树理的权威文献资料，堪称珍贵。

　　为了说清楚这件事，需要涉及另一个重要人物——胡乔木。

　　赵树理在《回忆历史　认识自己》的检查中写道：

　　　　中宣部见我不是一个领导人才，便把我调到部里去（一九五一年）。

　　　　胡乔木同志批评我写的东西不大（没有接触重大题材）、不深，写不出振奋人心的作品来，要我读一些借鉴性作品，并亲自为我选定了苏联及其它（他）国家的作品五六本，要我解除一切工作尽心来读。我把他选给我的书读完，他便要我下乡，说我自入京以后，事也没有做好，把体验生活也误了，如不下去体会群众新的生活脉搏，凭以前对农村的老印象，是仍不能写出好东西来的。

负责整理《延安讲话》的胡乔木，对赵树理是寄予厚望的，他希望赵树理能够写出更多、更好具有史诗性的作品。

赵树理回忆，那年春天，他便重返晋东南，接触了试办农业合作社的问题，写过一个电影故事名叫《表明态度》，原写的是试办合作社，后因对合作社有争论改为互助组。

新中国成立后毛泽东、刘少奇对何时实行农业合作化有不同的认识，这不是本文的重点，关键是两点：其一，毛泽东的心中是有赵树理的，在事关农民切身利益和农民走什么样道路的根本问题上，他要听听赵树理的意见。他不仅听了，而且明确表示赵树理的意见很好，吸纳了赵树理的意见。其二，赵树理为什么从最初的认识（"农民没有互助合作的积极性，只有个体生产的积极性"）转变为积极拥护农业合作化并创作出经典著作《三里湾》呢？这就如同《小二黑结婚》一样，在细节上给我们留下了谜。如果认真研究，也可以找到答案。

1951年春，赵树理到了晋东南以后，正赶上长治地委为进一步推动农业发展而准备试办10个农业合作社。对于基层党组织和积极分子走互助合作化的积极性，赵树理是了解的，也是支持的，但同时，赵树理也了解到大多数农民群众仍沉浸在土地改革自己有了土地的幸福之中，并没有互助合作的积极性。在毛泽东主持下，决议草案一开始并没有提农民有单干积极性的一面，这对赵树理来说是绝对不会同意的，所以才有了赵树理同陈伯达的争论。

一贯听党话，对毛泽东十分崇拜的赵树理，在参与讨论决议草案的过程中，听到毛泽东对自己意见的肯定并采纳后，一定会在发挥互助合作和农民单干两个积极性方面提高了认识。

由于10个试办社是革命老区在多年互助组的基础上创办的，基层党支部和干部力量强,翻身农民骨干分子的积极性高,加之上级党组织重视和指导,其优越性当年即显现出来:粮食增产,农民增收,社集体也有了一定的积累。新华社著名记者范长江采访后专门在《人民日报》做了报道。

1952年春天,来到平顺县川底村的赵树理被老区人民试办初级农业生产合作社的成就折服,他十分高兴,有了创作的冲动,但赵树理是冷静的,深知农民组织起来的不易,农民根深蒂固的小生产观念转变不易。在他全身心投入初级农业生产合作社不断完善管理的实践中,劳动记工分、农村财务管理就是他与合作社干部、社员一起总结创造出来的。在全过程参与初级农业生产合作社试办、巩固、完善,不断扩社的过程中,赵树理反映农业合作化的长篇小说《三里湾》完成了。赵树理又创造了一个第一。

《三里湾》引起了轰动,一版再版,当年销售38万册。农民喜欢,村干部喜欢,有力地配合和推动了全国农业合作化第一次高潮的到来。

赵树理的内心充满了喜悦和激动。

四

1958年12月,从朝鲜访问回国后,赵树理迫不及待地回到山西,请求省委分配他到阳城工作。省里同意了,让他到刚刚由阳城、沁水两县合并的阳城县担任县委书记处书记。他因报纸上不断传来的"放卫星"的好消息而激动,更为阳城县在大炼钢铁中竟然超过广西鹿寨县而激动,然而实际情况大大出乎他的想象。"人有多大胆,地有多大产"的浮夸,令他发火;"大跃进"、大丰收之后的第二年春天,老百姓却吃不饱饿肚子,令他心痛;县委班子里一些领导干部头脑发热,仍大刮浮夸风,让他愤怒。在迷茫中他开始了深思,在怀疑中他开始清醒,上对党中央负责、下对老百姓负责的共产党员的责任,迫使他开始给中国作家协会领导写信。没有回音,就接着写。从"大跃进"追溯到初级农业生产合作社,从实际情况提升到理论探讨,从生产力实际联系到生产关系,从人民公社管得过宽、过多、过死到如何调动基层的积极性……他把实际和理论紧紧地结合在一起,他成了理论家和思想家。他找出了问题的症结:是党的农村政策出了问题。他想起了委托他给《红旗》杂志写小说的总编陈伯达,想起了1951年9月陈伯达受毛泽东委托曾找他征求对合作化的意见,于是他开始给陈伯达写信。这就是后来大家都非常熟悉的《公社应该如何领导农业生产之我见》和大家并不熟悉的致陈伯达的两封信。

请注意时间:1959年8月20日。

1959年春天,毛泽东发现了问题,认识到了"左"的危害,他想纠"左"。于是,毛泽东决定在庐山召开会议,统一思想反"左",但出乎意外的是会议从纠"左"开始,却以反右倾结束,并在全党全国展开反右倾运动。

8月16日下午,党的八届八中全会在庐山闭幕。并不了解庐山会议的赵树理于8月20日发出致陈伯达的信,还没有等到陈伯达的回音,他就接到了回北京的通知。

中国作家协会的反右倾初期,运动过于冷清。赵树理致陈伯达的信被转到中国作家协会后,中国作家协会对赵树理的批判终于升温。

有犟驴脾气的赵树理拒不认错,仍在坚持说:

六中全会决议,我认为中央对成绩估计乐观了一些。

这不怨中央,是大家哄了中央。

　　办公共食堂只是为了表现一下共产主义风格,在食堂吃不如回各家各户吃的省。

中国作家协会组织的对赵树理的批判,进入了持久战,但对赵树理的组织处理,始终没有结果。

据时任中国作家协会党组负责人之一的严文井回忆:"中央当时可能有一个指示,对赵要低调处理。"究竟谁表态的,已不可知,但赵树理的特殊地位,仍可见一斑。

（本文原载《中国赵树理研究》2017年第1期,收录于2017年由山西人民出版社出版的赵沂旸主编的《赵树理纪念文集》）

# 赵树理与鲁迅

如果回到历史现场,赵树理与鲁迅的关系是两方面的:一是鲁迅对赵树理的影响,二是赵树理对鲁迅的继承。对前者,恐怕没有争议;后者,认识则很难统一,但这恰恰是认识和评价赵树理的关键之一。

早在20世纪80年代,许多专家学者即已开始了对赵树理与鲁迅的研究,最有代表性的文章是纪念鲁迅先生诞辰100周年时董大中写的《赵树理与鲁迅》。文章明确指出:"赵树理在文学上所取得的成就,同鲁迅对他多方面的影响有直接关系。""赵树理继承和发扬了鲁迅的这种批判精神和现实主义传统。"

可惜,由于种种原因,这一研究方向并没有坚持下去。

近年来,许多专家学者的研究,又重新回到这一课题,如钱理群、成葆德、傅书华、刘旭等人的文章,这就涉及了中国现代文学史的一个重大问题:研究赵树理,不研究赵树理与鲁迅的关系,是不完整的。同样,研究鲁迅的传承,不延伸到赵树理,也是不完整的,是不符合中国现代文学发展脉络的,会给中国文学的传承脉络设置障碍。弄清赵树理与鲁迅的关系,是打通中国现代文学史研究的节点之一。

让我们回到历史现场。

# 一

　　1925年,赵树理考入山西省立第四师范学校,离开家乡来到长治上学。他原来成长的环境是一个十分封闭的农村,受传统文化和民间文化的影响很深,因受王阳明的影响而十分崇拜江神童。来到深受五四新文化影响的城市和现代学校,在与新文化的交锋中,在与深受五四新文化影响的同学辩论中,赵树理屡屡败下阵来。他开始如饥似渴地学习新文化,学习西方文学,也开始学习共产主义常识,并在常文郁、王春的影响下,加入中国共产党。接受新文化,自然受鲁迅先生的影响很深,作为一个深受传统文化、民间文化影响的文学青年,其转变的意义十分重要,这是赵树理文学极其重要的根源之一,过去的研究往往淡化了这一点。

　　20世纪30年代,山西处于动荡时期。由于共产党员的身份,赵树理在沁水被捕并被押往省城太原,在监狱期间再次受到新文化的影响。出狱后又与同学王中青、史纪言相逢太原,流浪之际,继续受到新文化的影响,特别是鲁迅及左联提倡的大众化,使赵树理的眼睛明亮起来。最能说明这一点的就是赵树理写于1934年的《盘龙峪》(未完成),尽管仅仅发现了第一章,就已让赵树理的研究者大喜过望,评论家李国涛对此予以高度评价,认为是"赵树理艺术成熟的标志""这是五四以后,尤其是左翼文学历史发展的结果。""在1930年代上海进行大众化问题论争而没有产生出真正大众化作品的时候,在偏远的太行山山沟里,却有人实践了革命的主张,并取得可喜的成绩。这个人就是赵树理。"

　　1937年,赵树理义无反顾地参加到抗日斗争中来,当了一名宣

17

传文化战士。他用手中的笔,无情地揭露和打击敌人。他的杂文,深受鲁迅笔法影响,犹如一把把匕首,投向了敌人。据赵树理回忆,这一时期,他创作的作品有二三十万字,可惜由于战乱,许多都遗失了。1966年末,赵树理在《回忆历史 认识自己》的检查中仍坚持,"老实说我是颇懂一点鲁迅笔法的"。由于黄修己、董大中先生的努力,终于挖掘出了不少作品,现已收入2006年由大众文艺出版社出版的《赵树理全集》。我们说重读赵树理,就是提倡大家多读赵树理1943年以前的作品,以便对赵树理有更为全面的了解。

## 二

1940年1月,毛泽东发表了《新民主主义论》。赵树理学习后,认识实现了两个提升:一个是对新民主主义文化认识的提升。毛泽东在新民主主义文化的论述中明确提出:"民族的科学的大众的文化,就是人民大众反帝反封建的文化,就是新民主主义的文化,就是中华民族的新文化。""新民主主义的文化是大众的,因而即是民主的。……它应为全民族中百分之九十以上的工农劳苦民众服务。"《新民主主义论》应该说是赵树理自觉坚持文学大众化方向的理论来源。另一个则是对鲁迅认识的提升。毛泽东在《新民主主义论》中高度肯定了鲁迅先生:"而鲁迅,就是这个文化新军的最伟大和最英勇的旗手。鲁迅是中国文化革命的主将,他不但是伟大的文学家,而且是伟大的思想家和伟大的革命家。鲁迅的骨头是最硬的……鲁迅是在文化战线上,代表全民族的大多数,向着敌人冲锋陷阵的最正确、最勇敢、最坚决、最忠实、最热忱的空前的民族英雄。鲁迅的方向,就是中华民族新文化的方向。"

每一个热血青年,每每读到毛泽东对鲁迅评价的时候,都会情不自禁地激动起来。崇拜鲁迅,立志走文艺大众化道路的赵树理,更要发奋向鲁迅先生学习。

1941年10月,纪念鲁迅先生逝世5周年,赵树理在《抗战生活》上发表文章《多看看》。赵树理明确提出:

> 根据地已是新民主主义社会了,可是我们在文艺作品中反映得还有限。假如鲁迅先生健在,他看到这样的新社会,说不定已有一部比《阿Q》更伟大的作品出世了。然而他老人家已经离开我们五年了,为了使我们能够有新的杰作出现,大家自然该喊一句"在创造上学习鲁迅先生"的口号。

文章中,赵树理还就如何老老实实向鲁迅先生学习列举了鲁迅先生的两条经验:

> (一)留心各样的事,多看看,不是看到一遍就写。
> (二)写不出的时候不硬写。

向鲁迅先生学习,这更是赵树理对自己提出的要求。1942年1月,在太行文化界座谈会上,赵树理大声疾呼革命文化工作者要努力创作人民群众迫切需要的大众化文艺作品。正是在这一历史背景下,1943年,赵树理相继创作出了《小二黑结婚》和《李有才板话》这两部经典作品。这是不是向鲁迅先生学习的结果呢?应该是。当然,由于历史条件的限制,许多人并不知道赵树理"在创造上学习鲁迅先生"的号召。有的研究者似乎关注到了赵树理如何在创作技巧、风格上向鲁迅先生学习,却忽略了赵树理在创作思想理念上如何向鲁迅学习。

## 三

1946年10月,赵树理创作的《福贵》问世。人们终于把赵树理与鲁迅直接联系在一起。1948年9月,评论家林默涵发表文章《从阿Q到福贵》。文章称:

> 读了赵树理的《福贵》,很自然地联想起《阿Q》。把这两篇小说连起来读,恰好可以看到30多年来中国农村的变化和中国农民由蒙昧到觉悟的历程。
>
> 假如说,阿Q是福贵的前身,我想是很恰当的。然而,时代是不停滞的,我们从阿Q和福贵身上,正可以看到30多年来中国社会发生了怎样巨大的变化。几千年来笼罩中国的封建铁幕是够顽强了,从阿Q到福贵,经过了多少流血与不流血的斗争,这封建统治的铁幕才终于被打得支离破碎,它现在正在作着垂死的挣扎。

## 四

新中国成立后,由于种种原因,特别是长期"左"的指导思想,"百花齐放,百家争鸣"的局面不仅没有出现,而且许多在五四文化浸润下成长起来的,既深受中国传统文化影响,又接受了西方文学观念的文化名人、大作家都放下了手中的笔,唯有老舍和赵树理还在笔耕不辍。出版《三里湾》之后,赵树理也很少写了。这是为什么?

在经历了历史的反复比较、实践的不断检验之后,在经历了肯定之后的否定、否定之后再肯定的怪圈之后,赵树理又重新回到了人们的视野。

随着陈徒手《1959年冬天的赵树理》、陈为人《插错"搭子"的一张牌:重新解读赵树理》等书籍的出版,一个新的赵树理形象出现了,那就是敢于为农民代言、为民请命,像鲁迅一样硬骨头的赵树理。

1956年8月23日,赵树理给长治地委负责同志写了封信,其中说道:

> 试想高级化了,进入社会主义社会了,反而使多数人缺粮、缺草、缺钱、缺煤,烂了粮、荒了地,如何能使群众热爱社会主义呢?我觉得有些干部的群众观念不实在——对上级要求的任务认为是非完成不可的,而对群众提出的正当问题则不认为是非解决不可的。又要靠群众完成任务,又不给群众解决必须解决的问题,是没有把群众当成"人"来看待的。

"没有把群众当成'人'来看待的",既实事求是,又何等尖锐。

当赵树理满怀对"大跃进"的期望而挂职阳城县委书记处书记之后,发现农村的实际情况与宣传报道的情况相距甚远,尤其是面对愈演愈烈的浮夸风、共产风,赵树理忍无可忍,给《红旗》杂志主编陈伯达去信直言现实中的种种弊病。庐山会议彭德怀被批判之后,赵树理的意见书竟成了与彭德怀相呼应的"万言书"。中国作家协会组织人员对赵树理的右倾思想进行了长时间的批判。赵树理非常激动，但拒不认错，认为自己的意见"基本上是正确的"。邵荃麟发怒了："赵树理的态度很不好，到了使人不能容忍的地步了。""真理只有一个，是党对了还是你对了？中央错了还是你错了？这是赵树理必须表示和回答的一个尖锐性问题，必须服从真理……"

历史再次证明了赵树理的正确。1962年8月的大连会议再次肯定了赵树理，他在会上做了农村形势的长篇发言，比1959年的观点更推进一步，更具锋芒。参会的李准在20多年后的1989年仍然为赵树理喝彩："赵树理了不起，大胆反思，敢于说心里话，精彩极了。没人能赶上他，他走在知识分子的前头。"

# 五

综上所述，鲁迅对赵树理的影响是很大的，赵树理对鲁迅的继承也是非常明显的。那么，为什么在相当长的历史时期，研究界对此的认识并不明显，问题出在哪里呢？

首先，是过于注重了赵树理文学与《延安讲话》的关系，而弱化了赵树理与五四新文化，特别是与鲁迅的关系。《延安讲话》关系赵树理文学的命运，没有《延安讲话》，就没有1947年提出的"赵树理方向"，但把赵树理文学完全笼罩在《延安讲话》之下，则局限了赵树理文学的内涵。

其次，20世纪80年代的思想解放中，在否定《延安讲话》的同时，作为《延安讲话》代表和实践者的赵树理也被否定了。刚刚起步并已取得初步成果的赵树理与鲁迅研究也停止了。

再次，肯定赵树理文学道路的学者，坚持赵树理研究，但局限于解放区文学、乡土文学、地域文学、农村题材文学的范围,在割裂了赵树理文学的同时,也割裂了赵树理文学与整个中国现代文学的关系。

最后,鲁迅研究界的局限。在中国现代文学史研究中,对鲁迅的研究无疑是最重要的,也是最有成效的。《重读鲁迅》《后鲁迅研究》无疑为中国现代文学研究领了路,取得了不少新成果,但对鲁迅精神的传承,注意了巴金,注意了孙犁,注意了莫言,却忽略了赵树理。这不能不说是一个缺憾。

# 六

现在的情况大不一样了。

在北京大学,由王瑶先生开创而由孙玉石、洪子诚、钱理群等不断完成的中国现代文学史研究,始终肯定并不断发掘出赵树理文学新的生命。钱理群认为:"赵树理是一位探索中国农民问题,以此出发,思考中国社会主义问题,而且有自己的独立发现和理解,且能坚持的思想者,用为农民写作、从事农村实际工作两种方式参与农村变革的实践者。"

鲁迅研究专家孙郁对赵树理深受鲁迅影响认识深刻:"赵树理的文章表面很土,其实有读书人少有的见识,识人之深可与鲁迅相比。""他读人很深,写各类人物都有特点,像传统说书里的人物,呼之欲出。可是这些人物与故事又没有旧文艺的老气与奴性,是解放了的文字,直面的是变革中的社会,不妨说有一种对百姓尊严的关照。这一点又是五四的遗绪,放大了鲁迅精神。"

当然,在赵树理与鲁迅的研究中,我们也需要保持实事求是的态度,不能拔高赵树理。鲁迅方向和"赵树理方向",无论是内涵还是高度,都不在一个层面,把二者简单地并列起来,既不科学,有时候还会造成对赵树理研究的伤害。2010年11月3日《中华读书报》发表了作家刘震云的文章。文章语,北京大学中文系原主任孙玉石老师是世界上最懂鲁迅的人之一。他曾比较过鲁迅先生和赵树理先生,他说:"赵树理先生是从一个农村看这个世界,所以写出小二黑,但是鲁迅先生是从这个世界来看一个农村,所以写出了阿Q和祥林嫂。"正如大家所公认的那样,阿Q是世界级的,福贵则纯粹是中国的。

大家知道,在文学研究中,提出问题比较容易,而理性地、学术性地回答问题比较难。笔者仅仅提出了问题,抛砖引玉,期盼专家学者写出更多、更好、更有学术性研究成果的文章来纪念赵树理。

（本文原载《中国赵树理研究》2006年第2期,收录于2017年由山西人民出版社出版的赵沂旸主编的《赵树理纪念文集》）

# 赵树理与周扬

1945年8月，抗日战争取得了胜利，每一个中国人都沉浸在喜悦中。逆历史潮流而动的蒋介石发动内战，惨遭失败，中国共产党取得伟大胜利。

在这场伟大的历史变革中，用《延安讲话》精神武装起来的宣传、文化、文学艺术队伍，发挥了重要的作用。他们用文艺作品热情讴歌"解放区的天，是明朗的天"，有力地争取了国统区的民心及对共产党的认同和向往。在这支队伍中，以周扬为代表的领导者（或组织者）和以赵树理为代表的文学家，走在了时代的前列。

## 一

1946年，周扬出任晋察冀中央局宣传部部长，他深知自己的历史使命，也深知典型的重要。作为马克思主义文艺理论家，周扬将目光盯在了赵树理身上。赵树理的两个条件是别的作家所不具备的：一是解放区成长、共产党培养起来的作家，二是已创作了《小二黑结婚》《李有才板话》《李家庄的变迁》的成名作家。周扬在做了一定的准备后，写出了《论赵树理的创作》，于1946年8月26日发表于《解放日报》，距离《小二黑结婚》《李有才板话》发表已快3年了。

周扬高度肯定了赵树理：

赵树理,他是一个新人,但是一个在创作、思想、生活各
方面都有准备的作者,一位在成名之前已经相当成熟了的
作家,一位具有新颖独创的大众风格的人民艺术家。

…………

赵树理同志的作品是文学创作上的一个重要收获,是
毛泽东文艺思想在创作上实践的一个胜利。

今天评论《延安讲话》,评论其"有经有权"和时代局限,评论赵树
理文学的时代局限不仅是应该的,而且对中国文学的发展也是有益
的,用今天的时代要求去苛求历史、苛求前人,是错误的。

## 二

周扬并不满足于仅仅在解放区宣传赵树理,他要到国统区去宣
传赵树理。

1946年7月,周扬将刚编印好的赵树理的小说集《李有才板话》
(其中收录了《李有才板话》《小二黑结婚》《地板》3篇小说)带到上
海。10月,该小说集由上海希望书店出版。周扬将赵树理的小说推
荐给郭沫若、茅盾、邵荃麟、朱自清后,郭沫若写了《读了〈李家庄的变
迁〉》、茅盾写了《关于〈李家庄的变迁〉》的评论,邵荃麟、朱自清都写
了评论文章,肯定了赵树理的创作。1946年8月29日,《解放日报》
发表的一篇以《沪文化界热烈欢迎解放区作品》为题的文章称,《李有
才板话》在沪连出3版都销售一空,买不到的人们到处借阅,青年群
众争相传诵,并给文艺界注射进了新的血清,大家对解放区生活的幸
福和写作的自由也更加向往。赵树理的影响开始遍及以上海、重庆、

香港为中心的整个国统区。

## 三

1947年7月25日—8月10日，晋冀鲁豫边区文联召开专题讨论赵树理创作的文艺座谈会。会议经反复热烈讨论，最后取得一致意见，认为赵树理的创作精神及其成果，实应为边区文艺工作者实践毛泽东文艺思想的具体方向。

8月10日，《人民日报》(晋冀鲁豫版)发表了陈荒煤的文章《向赵树理方向迈进》。文章说，在这次文艺座谈会上，大家都同意提出"赵树理方向"作为边区文艺界开展创作运动的一个号召。

文章对赵树理的创作活动做了全面总结，指出他"写作的动机和目的，都是为了群众的，为了战斗的，为了提出与解决问题的……用他自己的话来说：'是要老百姓喜欢看，政治上起作用！'"文章认为赵树理的"两句话是对毛主席文艺方针最本质的认识，也应该是我们实践毛主席文艺方针最朴素的想法、最具体的做法"。

"老百姓喜欢看"，谁也不会有疑义，但当时多数作家的作品，老百姓喜欢看吗？"政治上起作用"，则随着历史的推移，争议越来越大。关键是，赵树理的政治指的是什么？我们批判赵树理的政治又是什么？如果把"政治"换成"时代"两个字，争议还会大吗？

所以，我们一定要弄清"赵树理方向"提出的内涵和外延：边区文艺工作者实践毛泽东文艺思想的具体方向。

当时的许多人不会想到，仅仅过了不到两年时间，1949年7月2日，第一次文代会就在北平召开了。用翻天覆地、日新月异来形容当时的变化，再恰当不过了。雄心勃勃的共产党人，谋划着如何全面建设新中国。解放区的方向,自然是新中国的方向,代表着解放区文艺方向的理论自然是《延安讲话》,代表着解放区文艺方向的自然是"赵树理方向"。在不经意间,"赵树理方向"被提升了,这也为随后否定赵树理创作留下了空间。

在周扬代表解放区文艺工作者所做的报告《新的人民的文艺》中两次肯定赵树理的创作,将《李有才板话》定义为"解放区文艺的代表之作"。

7月10日,赵树理做了《我的水平和夙愿》的发言。在这次会上,赵树理当选为全国文联常务委员、全国文协常务委员、中华全国曲艺改进会筹委会副主任委员。

9月21日—9月30日,赵树理作为全国文学艺术界的12名代表之一,出席了中国人民政治协商会议第一届全体会议。

1949年10月1日,赵树理参加了开国大典,登上了天安门观礼台。赵树理,一个农民的儿子,一个从农民中走出来的革命战士、知识分子,迎来了他人生的巅峰。

1956年,在北京召开的中国作家协会第二次理事扩大会议上,周扬将赵树理和茅盾、巴金、老舍、曹禺称为"当代语言艺术大师"。

在经历了1959年反右倾风雨之后,1962年8月2日—8月16日,中国作家协会在大连召开农村题材短篇小说创作座谈会。中国作家协会党组书记邵荃麟首先对赵树理的批判表示歉意:"这次要给以翻案,为什么称赞老赵? 因为他写出了长期性、艰苦性,这个同志是不会刮'五风'的。在别人头脑发热时,他很苦闷,我们还批评了他。现在看来他是看得更深刻一些,这是现实主义的胜利。""我们的社会常常忽略独立思考,而老赵,认识力、理解力、独立思考,我们是赶不上的,1959年他就看得深刻。"

大连会议上,周扬再次给赵树理以崇高的评价:"中国作家中真正熟悉农民、熟悉农村的,没有一个能超过赵树理。他对农村有自己的见解,敢于坚持,你贴大字报也不动摇。"

大连会议上,赵树理被誉为描写农村的"铁笔""圣手"。

1943—1962年,赵树理在解放区文艺、新中国农村题材小说中独领风骚。

## 四

"文化大革命"爆发后,已离开北京,回到山西的赵树理则作为周扬的"黑干将"被抛出来。在一次又一次的批斗中,赵树理被打伤,但赵树理的骨头是硬的,对共产党的信仰是坚定的。紧接着是清理阶级队伍、揪叛徒,赵树理被投入监狱,1970年9月23日被迫害致死。去世前夕,他坚持着在笔记本上书写了毛泽东的词《卜算子·咏梅》,让女儿交给周扬,通过周扬再交给党:"待到山花烂漫时,他在丛中笑。"他对周扬是感激的,也是信任的。

周扬挺过了"文化大革命",而赵树理没有熬过去。

对于赵树理的死,周扬十分痛心。1980年,工人出版社和山西大学合作编辑出版《赵树理文集》,请周扬作序,他欣然应允。周扬深情地写道:"在20多年的交往中,我们建立了深厚的友谊。我每读他的作品总有一种亲切感。文如其人。他文好人也好,文章有特色,人也有特色。他最熟悉农村,最了解农民心理;他懂世故,但又像农民一样淳朴;他憨直而又机智诙谐;他有独到之见,也有偏激之词;他的才华不外露,而是像藏在深处的珠宝一样,不时闪烁出耀眼的光芒。我喜爱他的为人,甚至对他的某些偏见,也能谅解。他公正无私,对人民忠心耿耿,这是最可贵的。"

知赵树理者,周扬也。

(本文原载《中国赵树理研究》2017年第2—3期,收录于2017年由山西人民出版社出版的赵沂旸主编的《赵树理纪念文集》)

# 赵树理与老舍

赵树理与老舍的友谊,堪称中国当代文学史的佳话。

一

请看老舍夫人胡絜青的回忆文章,很有代表性。

老舍和赵树理,出身不同,年龄不同,经历不同,创作道路不同,作品体裁不同,风格不同,语言不同,但是,不知为什么,我总觉得,他们两人有着非常近似的地方:他们都来自穷人阶层,都是从底层里钻出来的;他们勤奋一生,是一双"套不住的手";他们作品的主人公都是土生土长的小人物,一个叫祥子的人力车夫和一个叫李有才的农民,后来都成了闻名的人物;他们酷爱各种各样的民间文艺和地方戏,对其中的若干形式,自己会唱、会写、会表演,而且以此相当自豪;他们都特别对自己的家乡感到骄傲,一个写了一辈子北京城,一个写了一辈子山西农村,他们的"北京味"和"山药蛋味"成了别具一格的重要文学流派;他们热情,慷慨豪放,像一团火;他们幽默,都是说笑话的能手,几句话,就能把大家乐得前仰后合,自己却一点也不笑。他们都很谦虚,但在原则问题上眼睛里不揉沙子。对待自己非常严格，在生活上严肃，过着异常简朴甚至有点古板的生活。甚至，连他们的死，都是那么近似，他们的耿直使他们根本没法明白1966年以后的事态究竟是怎么回事。

他们的悲剧使许多许多同辈人和后人感到震惊和伤心，在心里产生了同样的问号，大家都在琢磨同一个问题，教训何在呢？

老舍和赵树理互相很尊重，他们之间的友谊是极为深厚和真挚的。可以说，彼此很爱慕。老舍一生很少写文学评论，在他留下来的少数的几篇文学评论中就有一篇是评赵树理的。1960年赵树理写了一篇短篇小说，发表在《人民文学》上，叫《套不住的手》，老舍当即写了一篇两千字的短文，题目是《读〈套不住的手〉》，文章虽短，但字字句句充满了老舍对赵树理的发自内心的喜爱和敬佩。文章一开始，老舍就说："每逢读到赵树理同志的小说，我总得到一些启发，学到一些窍门儿。"

老舍谈的这些赵树理创作经验，带有相当的规律性，的确很有启发性。单就第一条来说，在老舍身上就颇为灵验。大约三年之后，老舍自己开始动手写一篇自传体的长篇小说，就是去年（1980年）出版的那部未完成的遗作《在红旗下》（人民文学出版社）。在这部作品中，人们不难看到"年岁越大，文字就越严整"很有道理。据评论家们说，《在红旗下》的文字的确流畅而且精练。可是，老舍在广州话剧会议上承认，写它的时候，真是苦不堪言，几乎每个字都要思索很久，足见他是"字斟句酌，不轻易放过一个字去"。这么看来,"年岁越大,文学就越严整"真成了规律。

老舍有一次听说赵树理坐公共电车扭了膀子,十分放心不下,让我到老赵那里去看望。我去了,发现他的伤势很重,疼得彻夜不能入睡,回来赶快告诉了老舍。老舍立即打电话给中国文联秘书长,请他马上想办法送赵树理住院治疗。我曾多次代表老舍去过赵树理在北京住过的三处住所——霞公府宿舍、煤渣胡同里的南山胡同的小院以及大佛寺街路西的北房。对赵树理的房子的内部装饰可以一言以蔽之——四壁皆空。

## 二

老舍一生大部分时间都生活在国统区的城市,赵树理则在条件艰苦的抗日根据地和解放区过着农村生活,但两人为什么会成为莫逆之交呢?《记者观察》2009年第12期发表了彭斐的文章《舒乙谈老舍与赵树理的友谊》。

老舍和赵树理有绝对共同的爱好,就是民间文学,即使在创作研究侧重方面也完全一样,所以后来他们两人成为莫逆之交。舒乙肯定地说,"虽然两个人并没有在一起共同创作过作品,即使赵树理在创作上更侧重于描写农民的生活,而老舍先生更侧重于市民生活描写,但他们在民间文学上并没有什么区别,都是描写人民大众,他们看的不是知识分子,不是官员,不是富人,而是普通的老百姓,而普通老百姓的构成就是大量农民和城市无产者,所以基于这一点来说,两个人是完全一致的"。

老舍和赵树理都特别爱好曲艺。舒乙认为,曲艺也可以看作是他俩的共同语言。《说说唱唱》上刊发的大都是曲艺类作品。

舒乙说:"在当时的曲艺方面,中国的作家是根本不行的。当时中国的作家大都是洋作家,是留学归国的学生,对曲艺是一窍不通。"

根植于民间艺术的曲艺,在中国近现代史上,大多数时间里都是登不了大雅之堂的东西。"就当时的社会环境而言,作家基本上是知识分子、学生和留洋回来的,实际一点曲艺都没有接触过,既不会,同时又很讨厌这个东西。像打鼓、相声、单弦、快板、山东快书、河南坠子这些艺术,不仅不会,而且因为他们根本就不是这一层的人,没有最底层劳动人民的生活经验,所以也根本不会去听,他们都高高在上。在民间戏曲创作上,五六十年代的那一批老作家,除了老舍和赵树理,任何人都不会。这么多作家中就只有两个人,又懂曲艺,又写曲艺,又喜欢曲艺,一个来自解放区,一个来自国统区的两个大人物就是当时曲艺的代表。"

笔者认为,更为重要的是,两人都是现代曲艺改革的先锋和先驱,坚定地主张现代曲艺要改革、要改良,才能适应新的时代。不仅仅是曲艺,所有的民间艺术都是如此。这涉及一个大问题:如何对待民间文艺。其实从鲁迅开始,都是十分重视民间文艺并从中汲取营养的,并且对民间文艺寄予厚望。鲁迅认为,从唱本说书里是可以产生托尔斯泰的。莎士比亚就是经典的例子,民间文化哺育了莎士比亚,莎士比亚则提升了民间文化。赵树理深有体会,在戏剧创作和改编时常常想起莎士比亚。

赵树理始终坚持认为:"中国现有的文学艺术有三个传统:一是

中国古代士大夫阶级的传统,旧诗赋、文言文、国画、古琴都是。二是五四以来的文化界传统,新诗、新小说、话剧、油画、钢琴都是。三是民间传统,民歌、鼓词、评书、地方戏曲都是。要说批判地继承,都有可取之处,争论之点,在于以何者为主,文化界、文艺界多数人主张以第二种为主,理由是那些东西虽来自资产阶级,可是较封建的进一步,而较民间的高级,且已为无产阶级所接受。无形中已把它定为正统。"这是1966年"文化大革命"中赵树理在被批斗中深思熟虑的结果,也是他一生所坚持的结果。可在赵树理生前,人们并不完全了解他。他是一头犟驴,性格非常固执。当一些人坚持反对民间传统时,赵树理火了,甚至坚持主张以民间传统为主。这是赵树理的悲剧。

## 三

更为重要的是,老舍和赵树理不仅文好,而且人更好。两个大好人,又情投意合,自然是"酒逢知己千杯少",共同创造了新中国成立初期北京文学艺术的第一个春天,也有人说是北京市的"文艺复兴",这很有道理。

赵树理虽然是戴着"赵树理方向"的光环进了北平城的,不想上文坛的他参加了第一次文代会,见到了批准他文学方向的毛主席,出席了中国人民政治协商会议第一次会议,参加了开国大典,登上了天安门观礼台。赵树理兴奋极了,他决心大干一番,可北京的现实又让他的心凉了半截。他深入天桥调查,决心继续向封建文化夺取阵地,可北京城不同于太行山,他熟悉的农村、农民和农村文艺生活见不到了。更为想不到的是,急于求成的理想式的社会主义文艺理论家已在要求他创作出社会主义新文学来。一直看不起赵树理作品的洋作家们，则希望赵树理将"窝窝头"换成"面包"。赵树理在苦恼之际，遇到了老舍，见到了知音，不仅高兴，而且感激，他感到了温暖，自然喜出望外。

胡絜青在回忆"文化大革命"赵树理被批斗时，深情地写道："那时，老舍已经无法去护着赵树理了，他已不在人间，活着的老朋友们也都无法护着赵树理了，他们自己同样非常困难。"两个"护"字，流露出老舍对赵树理的感情和关怀。

新中国成立前后，一贯重视文学艺术的毛泽东与周恩来，把解放区和国统区、共产党和非共产党的文学艺术家组织团结起来，为新生的中国鼓与呼。1949年12月12日，老舍从美国回到北京，没有赶上第一次文代会，但北京市文代会的召开，为老舍提供了一个最为理想的位置。1950年5月28日，北京市文代会开幕，老舍主持，郭沫若、茅盾、周扬到会讲话，北京市委书记彭真致辞。5月31日，文代会闭幕，周恩来亲临大会鼓励。老舍当选主席，李伯钊、赵树理、梅兰芳当选副主席，王亚平当选秘书长。规格之高、代表性之广泛、阵容之强大，预示着新北京、新文艺、新气象的到来。

早在老舍归国之前，急于改造北京旧文艺的赵树理，与王亚平等发起成立北京市大众文艺创作研究会，于1949年10月15日下午，在太庙召开成立大会，赵树理被选为主席。1951年1月20日创办了会刊《说说唱唱》，李伯钊、赵树理担任主编。显然，作为北京市文委书记的李伯钊代表党的领导，实际上的主编是赵树理。《说说唱唱》是新中国成立初期重要的文艺期刊，既要延续解放区文艺的传统，又要适应新时代的需要。郭沫若为创刊号题词："说说唱唱要表现出新时代的新风格，不仅内容要改，说唱者的身段服装也须得改革。"茅盾的题词是："民族的、大众的、科学的说说唱唱。"赵树理则一马当先，将田间的现代诗改写为《石不烂赶车》。刚刚回国的老舍,立即加入了研究会,积极为《说说唱唱》写稿。应该说,这一切都是在北京市文委领导下进行的。北京市文联的成立,则为北京市大众文艺创作研究会明确了领导机关。老舍主要负责北京市文联的工作,并很快创作出了反映北京市政变化的话剧《龙须沟》。

老舍与赵树理珠联璧合,团结调动了文学艺术工作者的积极性,留下了许多趣闻逸事。

## (一)对汪曾祺的影响

20世纪50年代初,汪曾祺有幸调到北京市文联,在《说说唱唱》编辑部当编辑,1957年调《北京民间文学》继续当编辑,在老舍、赵树理领导下工作多年。这是汪曾祺之幸,也是中国文坛之幸。老舍、赵树理对汪曾祺的影响很深,汪在回忆文章中曾多次提及。2011年《新文学史料》第2期登载了孙郁的文章《汪曾祺与易代之际的北京文坛》,记载了汪曾祺眼中的老舍和赵树理,信息量大,分量很重,弥足珍贵。2020年,汪曾祺诞辰100周年,孙郁又写了一篇文章《汪曾祺的语言之风》,发表在2020年《新文学史料》第1期。孙郁指出,汪曾祺"看重老舍和赵树理,就是因了那作品里对于方言的雅化的处理,以及雅言的通俗表达。老舍的高明在于,以京味儿的特质,蒙古人的章法。表面是胡同人口语,但内中有文言的节奏。所谓俗语雅化就是这个样子。至于赵树理,于山西土语里见出民风和美质,土语的运用里,却有经营,有缠绕,有寄托。于是民间的风情历历在目,精神也活了起来。这种语言,是从生活里来,也从学问中来。但50年代后,许多作家没有这样的技能,汪先生从语言的滑落里,看到了思想的衰微。他在文章百弊丛生的年月,写出美的文字,无疑也有革命的意义"。"他在诗的语言、散文语言、小说语言和绘画语言里,完成了对母语的重塑。中断的气脉,因了他而获得生命。这是五四那代人未竟的工作。今人能承其余绪者,真的寥寥。"

汪曾祺不简单。时代不同了,理想读者不同了,他对老舍、赵树理是敬仰而不盲从,是扬弃而不决裂。他的智慧、潜力、人格融为一体,终于在20世纪80年代横空出世,成为一代文学大家,为中国文化自信、自觉提供了时代与历史的经典。

## (二)发现和培养了一代评剧大师新凤霞

刚刚进入北京的赵树理,常常深入天桥,调查了解京城的民间文化,很快发现了新凤霞。新凤霞在回忆录中深情地写道:

> 一天,文化局的李崇源陪着赵树理同志来看我演的《小二黑结婚》。看完戏,赵树理同志来到后台给我们提意见。赵树理同志朴实诚恳,对我们的演出很满意。他说,你们评剧演的《小二黑结婚》,最好的是有乡土气,唱腔朴实,咬字清楚,好听,我虽是山西人也都听懂了,演得很好。他强调说:"我一定回去宣传这个天桥的小剧团,剧团虽小,可是有好演员,有好戏。"

几天后的一个早晨,新凤霞正在吃早点,赵树理陪着老舍也来吃早点,经赵树理介绍,认识了老舍先生。

"老舍先生和赵树理同志看了我演的《小二黑结婚》后,我们把他们请到后台。老舍先生非常热情,非常有风趣,说:'我听赵树理同志介绍,说天桥有个评剧团,有个年轻的评剧演员新凤霞,名不虚传哪！不错，是个好演员！'他点着头说：'字正腔圆哪！天桥这地方真是藏龙卧虎哇！喝豆汁的时候，我还没有看出这几下子！又年轻，又聪明，又漂亮！'"

由于老舍的引介，新凤霞和吴祖光喜结良缘。1953年的一天，周总理和邓颖超还在西花厅宴请了老舍、曹禺、新凤霞夫妇。由于老舍、赵树理的努力，新凤霞从旧社会受压迫、受欺负的小剧团演员成为社会主义新中国的"评剧皇后"。

## （三）宴请巴金

这看起来是件小事，其实是件很重要的事。

先看请束：

> 巴金兄：明天中午在全聚德吃烤鸭，有梅传士及王瑶卿老人等，胜请赏光。祝安！
>
> 弟舍 六月十日 王亚平 李伯钊 赵树理

请束是老舍先生亲笔所写，王亚平、李伯钊、赵树理则是本人亲笔签字。

巴金对这件事也是非常看重的，特意保留了这份请束，现已成为珍贵的文物。

再看缘由。老舍是极其敬重巴金的，如吴小美《谈谈老舍的文论》（《中国现代文学研究》2016年第11期）中说到，老舍的文论中，对中国一批名人、名家、名作的推崇也引人关注的。当然，对国内名家的评论自然是鲁迅，其次就是对巴金和赵树理。在《读巴金的〈电〉》

这篇评论中,他亲切地称巴金为"兄",同时也是"友"。他开门见山,称巴金为可爱的人——"坦直忠诚,脸上如是,心中也如是"。

赵树理也是极其敬重巴金的,但许多人并不了解。赵树理是1949年10月—11月参加中国工会与文化工作者代表团赴苏联参加十月革命32周年活动时,第一次和巴金有了接触。赵树理第一次出国,闹了不少笑话。一是怕冷,带了几件御寒的衣服,以防受冻,谁知房间都有暖气设备。二是房间铺着地毯,床铺是软席,赵树理睡不着,只好睡在地毯上。巴金默默地关注着赵树理,时不时提醒赵树理。宴请巴金,赵树理自然是喜出望外。

笔者至今未见到这次盛宴的回忆。

我们可以借用一下汪曾祺对老舍在家宴请朋友的回忆:

赵树理同志很能喝酒,而且善于划拳。他的划拳是一绝:两只手同时用,一会儿出右手,一会儿出左手。老舍先生那几年每年要请两次客,把市文联的同志约去喝酒,一次是秋天,菊花盛开的时候,赏菊(老舍先生家的菊花养得很好,他有个哥哥,精于艺菊,称得起是个"花把式");一次是腊月二十三,那天是老舍先生的生日。酒、菜,都很丰盛而有北京特点。老舍先生豪饮(后来因血压高戒了酒),而且划拳极精。老舍先生划拳打通关,很少输的时候。划拳是个斗心眼的事,要捉摸对方的拳路,判定他会出什么拳。年轻人斗不过他,常常是第一个"俩好"就把小伙子"一板打死"。对赵树理,他可没有办法,树理同志这种左右开弓的拳法,他大概还没有见过,很不适应,结果往往败北。

如果巴金在场,也一定会高兴得笑起来。

20世纪60年代,赵树理心中萌生了一个想法,向巴金先生学习,写一部反映农民的长篇小说《户》。赵树理还把参观大庆后激情创作的诗《石头歌》恭恭敬敬地写成书法作品赠送巴金夫人萧珊。巴金深知赵树理的情谊,一直珍藏着,并把它捐给了现代文学馆。由于"文化大革命",《户》流产了。

## 四

研究老舍和赵树理,有一个绕不过去的沉重话题:老舍之死和赵树理之死。研究这一课题的大有人在,如傅光明,一直在研究老舍之死,研究赵树理之死的也有很多人,但把他们的死联系起来的不多。

老舍之死的时间、地点、直接原因、性质,似乎大家都非常清楚。1966年8月24日,老舍投北京太平湖自杀。老舍的死,使许多人心痛。汪曾祺甚至把太平湖的悲剧和屈原的汨罗自沉相提并论。汪曾祺曾写过一篇小说《八月骄阳》,讲的就是老舍的死。这篇小说对"文化大革命"场景的描写颇为传神,连对话都颇像老舍话剧台词。老舍的京味,许多人模仿得不太像,汪曾祺写来则惟妙惟肖。

巴金在1984年为话剧《老舍之死》写的一篇序中说道:"关于老舍同志的死,我的看法是他用自杀抗争,不过这抗争是消极抗争,并不是勇敢的行为,这里没有勇敢的问题,但是当时确是值得尊敬的行为,也可以说这是受过'士可杀不可辱'教育的知识分子有'骨气'的表现。……老舍同志可能有幻灭、有痛苦、有疑惑、有……但他最后的心情是悲壮的,没有结论。"有研究者指出,老舍的死绝不能只怪罪于那几十个抡着皮带打人的红卫兵。笔者在对赵树理的研究中深有同感。

老舍自杀的原因,许多学者虽都下了功夫,但结论仍然是半清不楚。其实,今天我们过多地去追求细节,一是不可能,如最先发现老舍之死的3个人,说法各异。二是我们的关注点,还是应该寻找老舍死前的心路历程。1964年关于文学艺术界的两个批示,应该是老舍思想深处一个重要的转折点。高度重视、关心、支持老舍的北京市委也逐步转变了对老舍的态度,甚至准备在不得已时将老舍抛出来。"文化大革命"发动初期,老舍作为最大的"资产阶级反动学术权威"终于被抛了出来。这同赵树理是一样的。

笔者觉得,1966年春天老舍接受英国人格尔德夫妇采访时说的一段话很有代表性,老舍说:"你们大概觉得我是一个69岁的资产阶级老人,一方面希望革命成功,一方面又总是跟不上革命的步伐。我们这些老人不必再为我们的行为道歉,我们能做的就是解释一下我们为什么会这样,为那些寻找自己未来的青年人扬手送行。"

一个真诚的爱国者,一个用满腔热血歌颂共产党、歌颂社会主义的人民艺术家,努力了十几年,却始终不能成为社会主义革命和社会主义建设中的一员,仍被定性为资产阶级知识分子而被抛弃。当"文化大革命"的疾风暴雨终于来临时,北京市委被否定,三家村成为靶子,自己不仅被作为"资产阶级反动学术权威"被批斗,还被戴上了"现行反革命"的帽子。老舍的失望、绝望可想而知。"士可杀不可辱",老舍以死抗争。

比较老舍和赵树理之死,有一件很有意义的事情。老舍自杀后,据目击者称,那天湖上干干净净,但也有一种传闻,说太平湖上漂了很多碎纸片,纸片上写满了字。人们打捞上来那些纸片,发现是毛主席的词《卜算子·咏梅》。事实上,赵树理在被迫害致死前,确确实实写下了毛主席的词《卜算子·咏梅》,并郑重地交给了女儿赵广建,让她转交给党组织。赵广建保存了下来,最终交给了党组织。是有人主观臆造了老舍书写了《卜算子·咏梅》这件事,还是有人善意嫁接给了老舍先生呢?用意何在,不得而知。

# 五

20世纪90年代,老舍之子舒乙在筹办中国现代文学馆新馆的时候,要塑十几尊雕像,作为解放区成长起来的作家就是赵树理。负责雕刻的是中央美院的雕刻学教授孙家钵,他问舒乙怎么塑,舒乙给他出了个主意:赵树理在前面走,后面牵一头驴,驴上坐一个乡下小姑娘,小姑娘的原型就选《小二黑结婚》中的小芹。孙家钵一听就来劲了,说这个东西肯定特棒。

雕刻过程中,孙家钵问舒乙:"赵树理是一个什么样子的人?"舒乙说:"第一,他是一张驴脸,极其丑陋,水蛇腰,有点驼背;穿一套窝窝囊囊的中山装,口袋里别一支钢笔,兜里面鼓鼓囊囊地放半块窝头,背着手走路,穿布鞋。"

后来铜质雕像真的和舒乙的描述一样,驴上面坐着一个梳大辫子的乡下小姑娘,放在文学馆的院子里,舒乙和孙家钵都很得意。

笔者曾多次去过中国现代文学馆,每次都会站在赵树理的雕像前深思,凝视着小毛驴和坐在驴背上的小芹。这是一个时代的缩影:农民、农民文学、农民文学家。他和老舍永远地活在人们的心中,镌刻在永恒的历史中。

(本文原载《中国赵树理研究》2022年第3期)

# 赵树理与丁玲

　　研究中国现当代文学史,赵树理和丁玲是两个绕不过去的代表性人物,但他们又是完全不同类型的作家,其出身、成长环境、经历、性格、艺术风格截然不同。由此形成一种研究格局,赵树理研究和丁玲研究似乎是互不相交的两个课题。进入21世纪,研究者在肯定两人明显差异的同时,也发现了他们之间的相同点。这非常重要。他们首先是忠诚于党的革命战士,然后才是杰出的文艺战士。打通20世纪中国文学史研究,更是发现二者不仅有着非常重要的互通性,而且具有别的经典作家所不具有的互补性。近年来,"赵树理与同时代人""丁玲与同时代人"研究课题的专家学者密切配合,互通研究信息和研究成果,不仅互相促进,而且形成了重要的研究方法,但研究赵树理与丁玲的难处在于,完全不同于赵树理与柳青、周立波之比较研究,有可以做比较的经典作品,如《三里湾》《山乡巨变》《创业史》之比较。赵树理与丁玲关系之研究,必须放在大的历史背景下,放到20世纪中国文学史的大背景下来思考。随着《延安文艺研究》《50—70年代文学研究》《转折的时代:40至50年代作家研究》等研究的深入,赵树理与丁玲之比较研究也在深入和拓展。

# 东西总布胡同之争

这是新中国成立初期一次典型的文艺之争,因主角是赵树理和丁玲,所以影响比较大。

事情的起因很简单。1950年10月,赵树理邀请丁玲出席北京市大众文艺创作研究会成立1周年纪念会议。丁玲在讲话中肯定了研究会的成绩,同时批评通俗文艺"给群众带来一些不好的东西","我们不能以量胜质,我们不能再给人民吃窝窝头了,要给他们面包吃"。窝窝头与面包的比喻,当即激怒了苗培时,他认为丁玲的讲话是荒谬的,因此被勒令检讨。丁、赵之间的矛盾随之也公开化了。

之所以称为东西总布胡同之争,是因为丁玲进京后把家安在了东总布胡同22号,是中国文协所在地,赵树理、王春、苗培时所在的工人出版社则位于西总布胡同30号。

争论的原因在于:一是在抗日根据地和解放区,赵树理的作家才能并不被大城市来的作家和知识分子认可。现在革命胜利了,新中国成立了,不想上文坛的赵树理进京了,决心大干一场,要像在太行抗日根据地那样,夺取封建文化阵地。想不到进城了,同样得不到他们的认可。

二是丁玲内心深处并不认可赵树理的文学才能,并不认可"赵树理方向"。因为在她的印象中,赵树理并不能算是真正的作家,他只不过是《李有才板话》中老杨式的农村干部。这当然是丁玲认识上的偏见,但这并不仅仅是丁玲个人的认识。

三是丁玲不仅是代表性的作家,而且是新中国文艺事业的领导者和组织者之一。丁玲任主编的《文艺报》很快就发现了《说说唱唱》

的问题,典型的争论便是孟淑池《金锁》的发表。紧接着,赵树理又因《武训问题介绍》淡化了阶级观点而遭到批评。伴随而至的,是中国文联为加强思想改造而发起的整风学习。

1949年党的七届二中全会后,全党的工作重心由农村转移到城市,城市领导农村。丁玲犹如鱼遇到了水,决心大干一番,而赵树理犹如鱼离开了水,很不适应。正如罗岗所言,丁玲的可贵之处在于,她经过延安文艺的改造乃至参加了延安文艺和当代文学的创制,但作为一个"透彻底思考文学生活条件"的作家,意识到从延安文艺到当代文学,始终伴随着"工作重点由乡村转移到城市"。从这个角度来看,东西总布胡同之争,可以理解为赵树理的农村经验与丁玲的城市记忆围绕当代文学体制的建立而展开的争论。以笔者的理解,也可以将其理解为城市文学与乡土文学、市民文学与农民文学之争。事实上,二者缺一不可。尤其是从农业社会向工业化过渡,城市领导农村当然是历史的进步,但就文学而言,这一时期在农村题材文学方面取得的成就要远远高于城市文学。以赵树理为主帅,以马烽、西戎、孙谦、李束为、胡正为主将所创立的山西农村题材文学(即山药蛋派文学),为当代文学增添了色彩。

回到历史现场,应该说这种非此即彼、否定不同意见的思维是十分有害的,明明是互补关系,却说成是对立关系。

## 回到延安文艺

丁玲为什么会对赵树理产生这样的认识偏差和局限呢?这个问题非常重要。因为不仅是丁玲这样认识的,而且当时许多来自城市,以知识分子身份自居的作家也是这样认识的。即便在今天,仍有一些人认为赵树理是土得掉渣的农民作家。笔者一开始百思不得其解,后来发现了一个十分有趣的现象:整个抗日战争期间,甚至在赵树理的成名作《小二黑结婚》《李有才板话》发表之后,赵树理的影响在延安并不大,延安文艺界多数人可能对赵树理并没什么印象。

赵树理的横空出世,许多人觉得奇怪,但是如果我们回到历史现场,那么这一现象并非偶然。赵树理在抗日战争全面爆发后重新加入中国共产党,他以宣传文艺战士的身份,以笔为武器,集采编印于一身,创办抗日小报。正是在这一过程中,特别是在学习了毛泽东的《新民主主义论》后,在认识上实现了两个方面的提升:一是对新民主主义文化认识的提升,二是对鲁迅先生认识的提升。毛泽东对鲁迅先生予以高度肯定:"鲁迅是文化战线上,代表全民族的大多数,向着敌人冲锋陷阵的最正确、最勇敢、最坚决、最忠实、最热忱的空前的民族英雄。""鲁迅的方向,就是中华民族新文化的方向。"对于赵树理来说,这些认识犹如指路明灯。

这期间,还有一件事对赵树理影响很大。赵树理奉命写一篇评论《论持久战》的文章,旨在用毛泽东持久战的战略思想统一太行抗日军民的思想。赵树理认真学习了《论持久战》,写出了《漫谈持久战》,分10期发表在《中国人》报第4版上,极大地鼓舞了太行抗日军民战胜困难、最终战胜日本帝国主义的信心。毛泽东在《论持久战》中一再强调:"如此伟大的民族革命战争,没有普遍和深入的政治动员,是不能胜利的。""怎样去动员?靠口说,靠传单布告,靠报纸书册,靠戏剧电影,靠学校,靠民众团体,靠干部人员。不是将政治纲领背诵给老百姓听,这样的背诵是没有人听的,要联系战争发展的情况,联系士兵和老百姓的生活,把战争的政治动员,变成经常的运动。"对赵树理这样的革命战士来说,他的一切活动,包括写作,都是政治动员工作,而农民是政治动员的主要对象,要用党的思想来教育农民,用党的政策来发动群众。

要研究延安文艺、延安文学,丁玲同样是一个绕不开的人物。1942年5月,丁玲参加了毛泽东亲自主持召开的延安文艺座谈会。一贯主张调查研究的毛泽东在准备座谈会期间找文艺界的同志谈话,找的第一个人便是丁玲。会前,陈云曾找丁玲和刘白羽谈话,提出"对于共产党员作家来说,首先是共产党员,其次才是作家","不但组织上入党,思想上还要入党",丁玲深受震动。在5月16日讨论会上,丁玲发言中谈了两个重要问题:第一个是文艺应该服从于政治,文艺是政治的一个环节,我们的文艺事业是整个无产阶级事业的一个组成部分,即"文艺的党性"。第二个是立场问题,"共产党员作家,马克思主义作家,只有无产阶级的立场,党的立场,中央的立场"。这是丁玲认识上的一个巨大转变。文艺座谈会召开之前,丁玲的认识并没有这么明确。

丁玲1936年11月到达陕北保安,受到了隆重欢迎,中央宣传部专门开了一个宣传会,毛泽东、张闻天、博古都参加了,可见对丁玲到来的重视。

1936年底,毛泽东作了一首《临江仙》,用电报发给随一军团南下的丁玲,其中"昨日文小姐,今日武将军"即指丁玲。

1937年9月22日,丁玲率西北战地服务团徒步开赴山西抗日前线。11月7日,他们在和顺县石拐村找到了八路军总部,随总部行动,受总政治部主任任弼时领导,辗转于沁源、洪洞、运城等16个县市慰问演出,演出了《大战平型关》等剧,于1938年7月底回到延安。

丁玲以作家名世,自然放不下手中的笔。她深受鲁迅先生影响,写了一些杂文,发表自己对一些问题和现象的看法,如《三八节有感》,引起了争议。

为了进一步统一全党思想,毛泽东发起了整风运动。延安文艺界令毛泽东不满意的现象自然进入了他的视野,他要亲自抓。出乎丁玲意料的是,自己是主动投入整风运动的,但同时也是痛苦的,是脱胎换骨的改造。毛泽东的《延安讲话》让以丁玲为代表的知识分子作家心服口服,决心沿着为工农兵服务的方向走下去,但现实是复杂的,既有像王实味一样被明确为斗争对象的靶子,也有个人主义膨胀的萧军,还有来自国统区、家庭出身复杂的知识分子。丁玲因所谓历史问题而陷入旋涡之中。

解放战争给了丁玲新的希望,她要到东北去。去东北虽然没有实现,但是丁玲参加了土地改革。她深入农村,到农民中去,从1946年11月开始,历经反复,终于创作出了《太阳照在桑干河上》这一经典作品。

1947年10月,由冯雪峰编纂的《丁玲文集》由上海开明书店出版,收入丁玲的7篇小说,冯雪峰写了后记。

1952年3月,《太阳照在桑干河上》获得斯大林文学奖,冯雪峰用近万字长文高度评价这部小说:

> 近十年以来,我们的社会主义现实主义文学在成长;几个比较优秀的作家,已经逐渐能够写真实的人,丁玲的这一本小说是这一方面的一个更为显著的成就……这是一部艺术上具有创造性的作品,是一部相当光辉地反映了土地改革的,带来了一定高度真实性的,史诗似的作品;同时,这是我们社会主义现实主义的在当时的比较显著的一个胜利!

如果把周扬的《论赵树理的创作》和冯雪峰评论丁玲的文章放在一起来读，我们是不是会对延安文艺看得更准确、更深刻、更全面呢？可惜，由于中国革命的复杂性和丰富性，在相当长的历史时期，割裂了赵树理和丁玲，也割裂了周扬和冯雪峰。这是历史的悲剧。

2011年6月1日，中国作家协会主席铁凝在《人民日报》发表《追寻红色岁月足迹，坚持中国特色社会主义文学道路》一文。文章说："1942年之后，在毛泽东同志《在延安文艺座谈会上的讲话》精神的指引下，广大作家与文学工作者自觉地将文学事业与时代人民结合在一起，解放区的一大批作家更是积极投入火热的生活中去，形成了一支作风过硬、创作力极强的队伍，赵树理、丁玲、贺敬之、柳青、周立波等创作出大量优秀的，为人民喜闻乐见的文学作品。"

## 鲁迅文学、五四文学、左翼文学的影响

为了进一步说明丁玲、赵树理文学的生成史，我们有必要回到鲁迅文学、五四文学及左翼文学对他们的影响，回到20世纪中国文学的历史语境。笔者列举几个时间节点或几件事，以说明丁玲和赵树理作为同时代人，他们在时代大潮中所受到的影响，以及为中国20世纪文学做出的努力及贡献。

研究丁玲的成果很多，如"五四的女儿"、《莎菲女士的日记》、"鲁迅对丁玲的关爱与重视"，一直是研究的热点，且已成为共识，而对赵树理的研究，似乎局限在少数人中。

丁玲原名蒋冰之，1904年10月12日出生于湖南常德一个声名显赫的大家族。

赵树理1906年9月24日出生于山西沁水县尉迟村一个正走向

没落的农民家庭。

人们评价丁玲"不简单"，其实她的母亲余曼贞同样不简单。正是因为有了这位勇敢追求独立、自由、进步的母亲，丁玲才能走出家门，结识王剑虹，走出湖南，远赴上海，住平民女校，进上海大学，受教于茅盾，结识了瞿秋白、冯雪峰等一批共产党人。1924年，丁玲北上，落脚北京。在20世纪二三十年代的中国，丁玲作为一个追求自由、进步、独立的女青年，在遇到挫折时，像当时的许多年轻人一样，开始阅读鲁迅的作品，从精神导师那里寻找出路，寻求精神安慰。

同样，赵树理的祖父、父亲也不简单：耕读传家。他们不仅把赵树理培养成了精通农业生产的全把式，而且祖父赵中正亲自上阵，严格督导赵树理熟读四书五经。赵树理说过，二诸葛就有他父亲的影子。直至1925年，已经快20岁的赵树理，考入山西省立第四师范学校，才走出家门到长治上学，在同学王春的影响下，接触五四文学，开始阅读鲁迅的作品，睁眼看世界。

一个是成长于城市，受教育于20世纪中国最开放、最发达，受西方影响最深的上海，接受世界现代文化影响的时代女性；一个是成长于最封闭、最落后的山西农村，在20世纪中国革命和追求现代化的历史潮流中，走出家门的农村青年，二者殊途同归，成为20世纪中国文学史中的代表人物。

1931年9月20日，左联机关刊物《北斗》创刊号发行，主编就是丁玲。冯雪峰带丁玲拜会了鲁迅，丁玲终于见到了心目中的导师，鲁迅对她也寄予了很大的希望。《北斗》组织了两次征文活动，丁玲为活动写了总结，号召作家到大众中去，"用大众做主人"，"不要使自己脱离大众，不要把自己当一个作家。记着自己就是大众中的一个，是在替大众说话，替自己说话"。

赵树理一开始也是主张艺术至上。在上师范期间,赵树理开始接触新文艺。1928年,受阎锡山"清共"影响,赵树理被迫离开学校,到处流浪,甚至被捕入狱。这一时期,受鲁迅左翼文学大众化的影响,赵树理逐步转变了自己文学创作中的欧化倾向,最终闯出了一条完全属于自己的创作道路,其标志性作品就是1934年创作反映农民和封建势力做斗争的长篇小说《盘龙峪》(未完成)。正如李国涛所指出的那样:"在1930年代上海进行大众化问题论争而没有产生出真正大众化作品的时候,在偏远的太行山山沟里,却有人实践了革命的主张,并取得可喜的成绩。这个人就是赵树理。"

　　1941年,赵树理与王春、林火等人在太行抗日根据地成立了通俗化研究会,并在《抗战生活》发表了《通俗化"引论"》和《通俗化与"拖住"》两篇文章,系统论述了文艺大众化的主张,这也是通俗化研究会的理论主张和宣言书。由此,我们完全可以理解,抗战全面爆发后赵树理作为一名宣传文化战士的所作所为,不仅是爱国抗日的行动,而且也是践行左翼文学大众化的自觉行动。

　　由于历史的复杂和丰富,大多数人对赵树理的了解仅仅是半个赵树理(董大中语)。笔者同样要大声疾呼,研究赵树理,了解赵树理,必须读赵树理早期的作品,读《延安讲话》之前的作品。2006年,大众文艺出版社出版的《赵树理全集》共收录了《延安讲话》之前的赵树理作品228篇,约50万字。其中的许多作品文学价值很高,其开创性、中国味道、中国气派已开始显现。周扬在写《论赵树理的创作》之前,找杨献珍了解情况,并让赵树理写了自传材料,汇报了原来的创作情况,对赵树理有了一个比较全面的了解,他指出:"他是一个新人,但是一个在创作、思想、生活各方面都有准备的作者,一位在成名之前已经相当成熟了的作家,一位具有新颖独创的大众风格的人民艺术家。"正如钱理群所说,赵树理的出现,也正是鲁迅的期待中的。"对照鲁迅的呼唤,反观赵树理的创作,就不难看出,赵树理至少在三个层面上满足了鲁迅的期许:他正是'为大众设想的作家',他的'浅显易解的作品',确实'使大家能懂,爱看';他正是在新的'政治之力'创造的新社会里,终于出现的真正成为'大众中的一个人'的新型作家。"

2018年6月12日,《光明日报》发表了何向阳的文章《现实题材文学创作的逻辑起点与最终归宿》。文章认为,鲁迅之后体察农民最为深切的作家,应该是赵树理。

除了钱理群,孙郁、董大中、成葆德、傅书华、刘旭等人也在鲁迅与赵树理关系的研究上提出了许多新颖、深刻的见解,这些研究成果无疑是21世纪赵树理研究的重大突破。

## 新中国成立初期文学的实践性、探索性、不确定性对社会主义文学的挑战

创作社会主义文学,塑造社会主义新人,是新中国文学艺术工作者的神圣职责。无论是解放区来的作家,还是从国统区来的作家都决心大干一番。当时的文艺队伍是强大的,是经历了五四文学、鲁迅文学、左翼文学、抗战文学、延安文学的熏陶和洗礼的,是经历了中华民族血与水、生与死的考验的。正如郭沫若所言:"是经过了如此长期的痛苦,而又如此欢乐的诞生。"鲁迅为旗手,茅盾挂帅,老舍坐镇北京,巴金领衔上海,周扬、丁玲则以党的领导者和组织者全面负责,但当时人们对两个问题似乎认识不足:一是什么是社会主义文学,什么是具有中国作风、中国气派的社会主义文学,人们对此的认识并不清楚,但什么不是社会主义文学,人们似乎很清楚。新民主主义革命

彻底胜利了,新民主主义文学似乎已完成了其历史使命,已不能适应社会主义革命的需要了。二是担负着创作社会主义文艺的主体是被定性为资产阶级知识分子或小资产阶级知识分子的这些人,他们在进行文学创作的同时必须自觉地改造成无产阶级的知识分子。对于思想改造,虽然绝大多数人都是积极的、自觉的,但是其过程是痛苦的、漫长的,不可能毕其功于一役。

令赵树理没有想到的是,自认为不需要改造的自己也需要改造了。在当时人们的认识中,《延安讲话》的方向自然是新中国文艺前进的方向。解放区的文艺方向,自然代表了新中国的文艺方向。代表着解放区文艺方向的"赵树理方向"自然成了新中国文艺的方向。在不经意间,"赵树理方向"被提升了。赵树理是清醒的,他并不认可"赵树理方向"的提法,但他自信,要沿着《延安讲话》的方向走下去。他不清楚,从新民主主义文艺到社会主义文艺,同样面临转型和提升的问题。理论家已在运用马克思文艺理论来阐释《延安讲话》,用《延安讲话》精神来规范"赵树理方向",用"赵树理方向"来评价和要求赵树理创作。《延安讲话》、"赵树理方向"、赵树理文学三者之间的同、异、通及其张力,已构成社会主义文学的内部裂隙。同样,新民主主义文学与社会主义文学之间,现代文学与当代文学之间的同、异、通及其张力也是如此。

尽管如此,新中国成立之初,当时的文艺界同全国一样,欣欣向荣。一是解放区文学的成果,以赵树理、丁玲、周立波的作品为代表,走出了国门,不仅走向了以苏联为代表的社会主义阵营,而且也走向了日本等资本主义国家。世界人民正是通过新中国文学来了解新中国的。二是集爱国与爱党于一身的老舍,率先写出了话剧《龙须沟》。巴金率团赴朝慰问志愿军,写出了《英雄儿女》。魏巍的《谁是最可爱的人》一炮打响,极大地鼓舞了中国人民的信心和斗志。三是赵树理负责的《说说唱唱》,因其民族化、大众化的风格而深受读者喜爱。

作为新中国文艺繁荣的一个重要标志性事件,是丁玲受命组建中央文学研究所。丁玲作为文学研究所的核心人物,影响了许多学员,也影响了当代文学史。赵树理发现和培养陈登科,丁玲对陈登科、马烽的培养和影响都是具有文学史意义的。

社会主义文学还在萌芽阶段,新民主主义文学仍在延续,各个流派、各有特色的文学之花也在盛开。毛泽东敏锐地发现了资产阶级文学在传播,先是对电影《武训传》展开了批判,紧接着是对俞平伯《红楼梦》研究表现出来的唯心主义的批判。1951年11月文艺界开始整风,丁玲作为中宣部文艺处处长参加领导了文艺整风。胡乔木做了《文艺工作者为什么要改造思想》的报告,明确规定了两类斗争对象:资产阶级、小资产阶级文学家和向他们投降的党员文艺工作者。给丁玲带来厄运的,是1955年关于胡风反党集团的定性及胡风的被捕。运动扩大化和无限上纲上线,将丁玲牵扯进来。一开始是批判丁玲严重的自由主义,后来变成了追查胡风分子,再后来则成了揭发历史问题,最后竟定性为丁玲、陈企霞反党集团。当人们刚刚反省过来对丁玲的批判是错误的,试图改正之时,又碰上了反右派运动,丁玲被打成了右派分子。

赵树理是清醒的,他下定决心要回到农村去。1951年春,他从北京回到太行山老区,参加了晋东南地委试办10个农业生产合作社的实践。1951年9月,中央召开全国第一次互助合作会议,毛泽东点名让他参加。会上他如实反映了农民不愿意参加合作社的情况,受到了陈伯达的批评,却得到了毛泽东的赞赏。

听说初级农业生产合作社增了产,赵树理十分高兴,于1952年春深入平顺县川底调查研究。从1953年开始到1955年,终于创作出了第一部反映农业合作化的长篇小说《三里湾》,高度肯定了农业生产合作社。

1956年,高级农业生产合作社成立后农民缺粮缺钱,赵树理深为忧虑。1958年的"大跃进"、人民公社,赵树理一开始是拥护的,但年底他挂职阳城县委书记处书记时,看到浮夸风和共产风,一贯主张实事求是的赵树理火了。1959年8月,经过反复思考,赵树理直接上书陈伯达《公社应该如何领导农业生产之我见》。不料遇上了庐山会议对彭德怀的批判,在中国作家协会召开的反右倾会议上,赵树理受到了猛烈的批判,但倔强的他拒不认错。

1962年大连会议上,赵树理重新得到了认可,并被称为善于描写农民的"铁笔""圣手",被康濯称为"短篇小说大师"。"文化大革命"开始后,赵树理作为周扬的黑线人物长期被批斗,1970年9月含冤而死。

丁玲无疑是幸运的,因为她熬过了"文化大革命",迎来了改革开放。她要为中国的文学艺术事业继续奋斗,创办了《中国》。她走出国门,充满激情地告诉世界人民一个正在发展的中国。

李向东、王增如在《丁玲传》中曾写道:

> 丁玲对于赵树理小说的农村气息,农村语言很服气,后来多次讲过:我们的小说还是写给文化人看的,限于狭小的知识分子圈子,赵树理的小说是真正写给农民看的。她1984年2月29日与陈登科谈话说:"50年代那个时候赵树理反对我们,因为他是写老百姓的,写群众的东西,我们是

写给知识分子看的,是洋的。赵树理对我们是这样看法的,他说你不要以为你们的文学了不起,你们那是交换文学。我觉得他这句话说得很好,为什么呢?我的作品你读,你的作品我读,还是在这个文艺界的圈子里,没有走到广大的群众里面去。"……创作方法是没有一定的。我写我的,你写你的,各人走自己的道路,各人有各人的方法,别人的方法再好,我也学不来。赵树理的那个方法我学不来,他写《李有才板话》,我就不会写板话,我怎么能学赵树理呢?我是凭我自己的生活道路,我的各方面的修养,我的学习总结,总之,是凭我自己的感受来写的。

这是一个经历过生与死、血与火、赞扬与毁誉、辉煌与苦难的老共产党人晚年的肺腑之言,不仅是针对赵树理与自己,而且是对20世纪中国文学史、对新时代文学发展的中肯之言。

(本文原载《中国赵树理研究》2021年第1期,收录于2023年由山西人民出版社版的武健鹏主编的《赵树理纪念文集》)

# 赵树理与汪曾祺

把赵树理与汪曾祺联系起来研究,应该是新中国70年文学史上非常有趣而有意义的事。

## 一

说有趣,是因为汪曾祺笔下的赵树理与我们印象中的赵树理不同。汪曾祺写过两篇散文回忆赵树理,一篇是1990年写的《赵树理同志二三事》,一篇是1997年写的《才子赵树理》。两篇文章不长,都是2000多字,但信息量很大:一个充满智慧、生性幽默、可亲可敬的赵树理站在我们面前。特有的汪氏语言,令人读来印象深刻,关于生活细节的描写,如赵树理喝酒划拳,善于左右开弓,拳法精到的老舍往往败北,让人难以忘怀,足显汪曾祺文学大家的功力。

赵树理同志身高而瘦。面长鼻直,额头很高。眉细而微弯,眼狭长,与人相对,特别是倾听别人说话时,眼角常若含笑。听到什么有趣的事,也会咕咕地笑出声来。

他是个农村才子。有时赶集,他一个人能唱一台戏。口念锣鼓,拉过门,走身段,夹白带做还误不了唱。

他能弹三弦,不常弹。他会刻图章,我没有见过。他的字写得很好,是我见过的作家字里最好的,他的散文《写金字》写的大概是他自己的真事。字是欧字底子,结体稍长,字如其人。他的稿子非常干净,极少涂改。他写稿大概不起草。我曾见过他的底稿,只是一些人物名姓,东一个西一个,姓名之间牵出一些细线,这便是原稿了。考虑成熟,一气呵成。赵树理衣着不讲究,但对写稿有洁癖。

赵树理是《说说唱唱》的执行主编。他是负责发稿的。有时没有好稿,稿发不出,他就从编辑部抱了一堆稿子回屋里去看,不好,就丢在一边,弄得一地都是废稿。有时忽然发现一篇好稿,就欣喜若狂。他说这种编辑方法是"绝处逢生"。陈登科的《活人塘》就是这样发现的,这篇作品能够发表也真有些偶然,因为稿子有许多空缺的字和陈登科自造的字,有一个"丏宁",大家都猜不出,后来是康濯猜出来了,是"趴",马的繁体字没有四条腿,可不是趴下了? 写信去问陈登科,果然!

有时实在没有好稿,康濯就说:"老赵,你自己来一篇吧!"赵树理关上门,写出了一篇名著《登记》(即《罗汉钱》)。

赵树理小说有其独特的抒情诗意。他善于写农村的爱情、农村的女性。她们都很美,小飞蛾(《登记》)是这样,小芹(《小二黑结婚》)也是这样,甚至三仙姑(《小二黑结婚》)也是这样。这些,当然有赵树理自己的感情生活的忆念,是赵树理的初恋感情的折射。但是赵树理对爱情的态度是纯真的、圣洁的。


这些充满诗意的表达,笔者没有听过,恐怕许多人都没有听过。说有意义,是因为赵树理和汪曾祺都是20世纪中国文学的代表性人物。赵树理成名于20世纪40年代,汪曾祺成名于20世纪80年代。他们之间有没有关系,有什么关系,应该是一个研究课题。

二

北京师范大学的赵勇在读《汪曾祺全集》时就对汪曾祺与赵树理的关系产生了兴趣:汪曾祺究竟喜欢不喜欢赵树理? 赵勇下了一番功夫,结论是:"当然是喜欢。岂止是喜欢,简直是敬佩! 如若不信,有文为证。"赵勇把赵树理和汪曾祺联系起来研究,还有一个重要原因:赵勇是晋城人,是从赵树理家乡走出去的后辈学人。《灵泉洞》是赵勇走上文学之路的启蒙书。他并不是专门研究赵树理的,但学习和研究赵树理似乎是他绕不过去的话题。2006年赵树理百年诞辰,属重大纪念活动,赵勇自在被邀之列,为大会提交论文是义务和责任。正在阅读《汪曾祺全集》的他自然选择了赵、汪之比较,论文是《口头文化与书面文化:从对立到融合——由赵树理、汪曾祺的语言观看现代文学语言的建构》,既抓住了赵、汪比较之核心,又很有学术分量。赵勇似乎意犹未尽,又接连写出了两篇文章《汪曾祺喜欢不喜欢赵树理》《民间进入庙堂的悲剧》。前文发表于《当代作家评论》,《新华文摘》2008年第6期转载。这些文章可以说打开了汪曾祺与赵树理研究的大门。

赵勇把《汪曾祺全集》仔细翻阅了一遍,发现汪曾祺在其文章中多处提到了赵树理。例如,"四十年代的战争年代,有一批作家是从农村成长起来的。他们没有受过完整正规的学校教育,但是他们得到农民文化丰富的滋养,他们的作品受了民歌、民间戏曲和民间说书很大的影响,如赵树理、李季"。"他写的小说近似评书。"

最早提出"问题小说"的是赵树理,他也写过一些这类作品,像《地板》就是解决土地问题的。但是恰恰就是他自己的不少小说,也无法放到"问题小说"里面,比如《手》、比如《福贵》,而往往就是这样一些小说比所谓的"问题小说"的艺术生命力要强。

这段话很精辟,是汪曾祺对赵树理小说的直接评价。汪曾祺发现了赵树理小说中不是"问题小说"的小说,并且认为它们的艺术生命力更强。

20世纪50年代初,汪曾祺和赵树理在一起工作,对于这位前辈的作品,他一定是十分虔诚地读了,对那篇赶写出来的《登记》,使初见赵树理的汪曾祺惊喜不已,而且每当看到赵树理的作品时,他总会想到自己以前的创作并与之比较。对比之后,他可能会意识到,赵树理的作品除了政治上正确之外,关键是它来自自己完全陌生的一种传统,这种传统让赵树理的作品显得青春焕发、清新康健,充满勃勃生机。与此同时,自己以前的创作缺陷也就看得更加清楚了——抽象、晦涩,是寂寞与苦闷的产物。正是因为遇到了赵树理,汪曾祺才在很大程度上意识到了自己在以前创作中存在的问题,从而开始了否定旧我的决心。汪曾祺的不简单处,是他在崇敬赵树理时,并不盲从,对赵树理的创作理念并不完全认同。汪曾祺说,"我并不主张用评书的语言写小说","小小说最好不要有评书气、相声气","写小说的语言、文学的语言,不是口头语言,而是书面语言。是视觉的语言,不是听觉的语言。……小说是写给人看的,不是写给人听的"。

对于戏剧与小说的区别,汪曾祺也分析得十分透彻。

戏要夸张，要强调；小说要含蓄，要淡远。李笠翁说写诗文不可说尽，十分只能说二三分；写戏剧必须说尽，十分要说到十分。这是很有见地的话。……因此，不能把小说写得像戏，不能有太多情节、太多的戏剧性。如果写出的是一篇戏剧性强的小说，那你不如干脆写成戏。

赵树理的小说戏剧味很浓，他的有些小说就是改编成了戏剧之后才获得了更大的成功。赵树理的小说非常重视情节，使用的又是评书语言，他就是专门写给人听的，他想把小说当成"治疗"，"问题小说"的深层含义就在这里。由于对赵树理的敬重，汪曾祺虽然没有提及赵树理，但他似乎已经有意无意地把自己批评的靶子指向了评书体。

三

2011年《新文学史料》第2期登载了孙郁的文章《汪曾祺与易代之际的北京文坛》。这篇文章对于研究赵树理与汪曾祺的关系非常珍贵，也非常重要。

孙郁的文章视野非常开阔，虽然主要是写汪曾祺的，但是由汪曾祺的师承而说到沈从文，由汪曾祺的京派文脉而追忆易代之际的北京文坛，由汪曾祺参与编辑的《说说唱唱》自然联系到老舍和赵树理。文章的涉及面很广，信息量很大。比如，"老舍生前说，在北京作家中，他最怕的是两个人，一是端木蕻良，一是汪曾祺。我猜想这背后的原因是这两个小看自己的作家有学问，这是自己心虚的地方"。

新中国成立后,对老舍、沈从文、汪曾祺来讲,走什么样的路,显然是一个大问题。历史已经说明,老舍和沈从文走了不同的道路。幸运的是,汪曾祺遇到了老舍和赵树理。后来虽历经磨难,但他年轻,赶上了改革开放,让他焕发了文学的青春,一鸣惊人。

1950年7月,汪曾祺调回北京,落脚北京市文联,任务是编辑《说说唱唱》。作为北京市文联主席,甚至一度挂名《说说唱唱》主编的老舍自然是汪的直接领导。老舍是出了名的大好人,在汪曾祺的眼里,他没有架子,是大家平等相处的好领导。老舍虽然不直接分管汪曾祺,但是通过老舍,汪的最大的收获是了解了北京的底层文化,结识了一批京派作家风格各异的前辈,异常喜欢民间文艺的汪曾祺自然受到了恩泽。赵树理是《说说唱唱》的主编,但他并不是挂名,而是干活的。赵45岁,带着"方向"的光环;汪30岁,风华正茂。汪曾祺和赵树理前后相处5年,交往自然多,请看孙郁的描述:

> 《说说唱唱》编辑部里最迷人的人物是赵树理。与赵树理共事,打开了汪曾祺审美的另一扇大门,眼睛为之一亮。他对这个土生土长的作家颇为佩服,在小说笔法、学识、为人方面,开悟很多。赵树理是真懂民间艺术的人,言及戏曲、杂技、小说、诗词方面都有妙论,散淡得如乡野高人。他的小说传神之外,还有学理的力量,带着乡村中国的魅力。和那些大学教授不同,也与沈从文有别,赵树理乃民间智慧和传统文化的有趣的嫁接者,旧的读书人的毛病殊少,而传统文化精妙的因素却得以延伸。赵树理这样的人物,在汪曾祺看来是一个奇迹,因为有泥土气,又有新的创新的理念,遂远离了士大夫的窠臼,新时代的气象罩在身上。这在

汪曾祺看来不妨是一种选择。在易代之际,有此气象者,唯老舍、赵树理两人而已。

孙郁研究鲁迅,受鲁迅影响,眼光自然独到,所以通过与汪曾祺的交流,对赵树理的评价很高:

赵树理的文章表面很土,其实有读书人少有的见识,识人之深可与鲁迅相比。他写乡间的人物,用评书与戏曲的笔法,画面感与诗意相同,泥土的趣味在。鲁迅写小说、杂文,多是读书人的话语,用赵树理的话说是给知识阶层看的。而他的文字乃给大众的,主要的接受者是农民,短小、曲折,人物鲜活,语言很民间气,又有提炼,乡土的精华都集于一身了。他读人很深,写各类人物都有特点,像传统说书里的人物,呼之欲出。可是这些人物与故事又没有旧文艺的老气与奴性,是解放了的文字,直面的是变革中的社会,不妨说有一种对百姓尊严的关照。这一点又是五四的遗绪,放大了鲁迅精神。《小二黑结婚》《三里湾》都有奇笔,为新文学中难得的佳作。汪曾祺在他那里看到了审美的亮点,那里有的恰是京派文人没有的意蕴。他其实更欣赏的是赵树理、老舍的文笔,京派作家中,除了废名、沈从文外,在小说天才方面能及赵树理与老舍的不多。汪曾祺在后来的写作里,是有些受到后者的影响的。至少他们的底层体验的实绩,对其视野的开阔不无影响。

# 四

文艺界公认,赵树理小说的成功,关键是语言;汪曾祺小说的成功,关键也是语言,但二人的语言是完全不同的。汪曾祺认为"写小说就是写语言"。从某种意义上来说,赵树理、汪曾祺小说都是这一命题的典型例证。问题是,语言从何而来? 正如孙郁所说,是从生活里来,也从学问中来。虽然时代不同了,社会发展了,赵树理和汪曾祺选择的理想读者不同,但他们的语言,都是来自生活。

因为20世纪三四十年代,为了抗战的需要,赵树理小说的理想读者是识字不多或者根本不识字的农民和刚穿上军装的农民,赵树理创造了评书体,对于这种评书体小说本身的问题,汪曾祺十分清楚。

"学习群众语言不在吸收一些词汇,首先在学会群众的叙述方式。群众的叙述方法是很有意思的,和知识分子绝对不一样。他们的叙述方式本身是精致的,有感情色彩,有幽默感的。赵树理的语言并不过多地用农民字眼,但是他很能掌握农民的叙述方式,所以他的基本上是用普通话的语言中有特殊的韵味。"

时间到了20世纪80年代,思想解放、新启蒙,汪曾祺选择的理想读者是市民和知识分子。他反其道而行之,建构的是散文化小说。对于这种小说,汪曾祺曾有如下描述:"散文化小说一般不写重大题材,不过分刻画人物,不注重情节设计,它的外部特征是结构松散,它的语言追求雅致、精确、平易。""散文化小说是抒情诗,不是史诗。散文化小说的美是阴柔之美,不是阳刚之美。是喜剧的美,不是悲剧的美。散文化小说是清澈的矿泉,不是苦药。它的作用是滋润,不是治疗。"

李杨的认识很有代表性：

汪曾祺主张写小说要考虑社会效果，注意从民间文学汲取养料，同时强调运用得"合适、准确"，这些观点都与赵树理不谋而合，从中不难看出，汪曾祺对赵树理创作观念的吸收借鉴。有趣的是，基于相似的创作追求，汪、赵二人却俘获了不同的读者群。相较而言，赵树理立志做个"文摊"作家，他的小说是读给不识字的乡村人听的，运用的是便于"听"的语言。汪曾祺则有所不同，他将小说语言提到与内容同等重要的高度，注重字与字、词与词之间的"互相照应"，他的小说是写给人们反复咀嚼品味的，运用的是适用于"看"的语言。尽管两位作家对于语言的具体运用不尽相同，但他们所写下的都是活的，富有生命力的语言，而这无疑是需要后来者领悟与学习的。

## 五

研究汪曾祺，自然绕不过沈从文。那么，沈从文与赵树理有没有交集呢？有，但不多。

《中国赵树理研究》2014年第2期发表了任葆华的一篇文章《沈从文与赵树理》。

近读《沈从文全集》，发现沈从文在新中国成立后与亲友的通信中，多次谈及赵树理及作品。于是一个问题在笔者头脑中徘徊,挥之不去:在新中国那么多的作家中,沈从文为什么独对赵树理如此关注?

……

沈从文文字里最早出现赵树理是1947年9月10日在写给一位名叫张白的作者信中,其中写道:"就你笔触所及看来,如能够试用于散文,人事景物兼叙,将农村土地人民为无终止战乱所摧毁残杀伤心惨目无可奈何的种种,与篇章中试作各种设计来加以审慎处理,定必有更高成效。近二十年来所处理这方面题材的,如芦焚、废名、沙汀、艾芜诸先生,多因文格各自不同,使景物人事鲜明凸出,各有成就(近常为人道及的赵树理先生《李有才板话》,也同属一型,则稍近变革)。"

……

沈从文最早对赵树理的作品作出明确评价的是《李家庄的变迁》,他说:"重看《李家庄的变迁》,叙事朴质,写事好,写人也好,唯写过程不大透,有些如从《老残游记》章回出来的。背景略于表现,南方读者恐不容易得正确印象。是美中不足。"在这里,沈从文对赵树理做了比较全面而客观的评价,既肯定了其优点,又指出了其不足。这个评价完全是从一个文学家的视角来看的结果。

前面提到,新中国的成立,对于沈从文来说,面临何去何从的问题。他也想跟上时代,有一番新作为。要知道,让一个真正喜欢文学的人停下手中的笔,应是一件困难的事。

沈从文1951年11月28日在写给儿子沈龙朱、沈虎雏的信中曾说过:"你们都欢喜赵树理,看爸爸为你们写出更多的李有才吧。"

这些信都是沈从文写在四川土地改革期间,可见土地改革对沈从文的影响很大。他感到"有将近四万万人民,生活情况和知识水准,大都还和这村子中的各阶层农民相差不多","才深一层明白文艺座谈所提'普及'和'面向工农兵''为工农兵'的重要性",并理解赵树理在写人叙事时常常忽略背景描写的写法:

> 由此可以理解到一个问题,即另一时真正农民文学的兴起,可能和小资产阶级文学有个基本不同,即只有故事,绝无风景背景的动人描写。因为自然景物的爱好,实在不是农民情感。也不是工人情感,只是小资情感。将来的新兴农民小说,可能只写故事,不写背景。

沈从文最终还是放下了手中的笔,这固然有当时身体的原因,土地改革时留在中队部而没有真正深入农村,但更为重要的原因,还是他和新的时代格格不入,对新的文学不入眼,感到不舒服。

1955年,《三里湾》在《人民文学》连载。时在《人民文学》任小说编辑的张兆和说赵树理写得好,沈从文质疑,说这部书好,"不知指的是什么,应当再看看,会看出很不好处来""如照赵树理写农村,农村干部不要看,学生更不希望看。有三分之一是乡村合作诸名词,累人得很。"这里沈从文明显说错了,当时的农村干部很爱看,学生也很爱看。赵树理处在夹缝中,在一些社会主义文学评论家眼中,赵树理的作品不仅塑造社会主义新人不够,而且竟然没有描写地主富农对合作社的破坏。

1956年,在中国作家协会第二届理事扩大会议上,周扬将茅盾、老舍、巴金、曹禺、赵树理誉为"当代语言艺术大师",但沈从文对此并不认同。他在1970年9月24日致张兆和的信中又一次言道:"事实新提的文学'过三关'的文字技术关,先前几个被奉为'语言大师'的熟人,都可说并不认真过了的。有的文字充满北方小市民油腔滑调,极其庸俗。有的又近于译文。有的语汇还十分贫薄,既不懂壮丽,又不会素朴,把这些人抬成'语言大师',要人去学,真是害人不浅。"

1967年5月11日在《致张之佩》一信中,沈从文谈到当时文艺界学习面极窄:"四川学沙汀,山西学赵树理,湖南学周立波,取法乎中,斯得其下,这哪会出人才?"这些话应该说有一定的道理,沈从文真实地说出了他对当代文学家的评论和批评,这是十分难得的。从方法论上来讲,也是很有见地的。但"取法乎中",什么意思呢? 显然,沈从文认为赵树理算不上一流作家,但是如果看一下沈从文1965年2月24日致巴金推荐汪曾祺的信,则会发现他对赵树理的评价似乎又高了一点:"听说近年山西年轻作家多有模仿赵树理趋势,河南作家又以能仿李准为方向,湖南则周立波成为年轻作家学习对象,这么下去,哪能够有希望突破这几位大作家所立下标准,得到更大成就?"笔者自参加赵树理研究以来,最感到不可理解的事情就是,经常碰到有的专家学者,一方面对赵树理的评价很高,另一方面则肯定地说,赵树理不是一流作家。同样困惑的是,在有些人眼里,中国似乎很少或基本没有一流作家。什么是一流作家? 赵树理不是一流作家? 其与鲁迅、托尔斯泰、巴尔扎克等文学巨匠当然不能比,但是新中国的成立,改变了中国,影响了世界,成千上万的作家中难道没有一流作家吗? 继鲁迅、茅盾之后,具有中国风格、中国气派的赵树理怎么就不是一流作家呢?

最根本的原因还是出在文艺与政治的关系上。经过几十年的实践,文艺与政治的关系,现在应该说基本清楚了,但在实践中并不理想。

沈从文说过,以前创作由"思"字出发,新中国成立后必须以"信"字起步,由"思"到"信",不容易扭转因而"不写",是下定决心后的自我选择。应该感谢沈从文,提炼出了这一对矛盾,很有代表性。赵树理同样遇上了"思"与"信"的矛盾。新中国成立后,要求新民主主义文学的代表人物迅速写出社会主义文学来,而只相信生活、相信自己眼睛的赵树理陷入了极大的矛盾。特别是身为共产党员又一心想当农民代言人的赵树理,在党的农村政策发生问题,农民的生活和利益受到损害时,奋起直言,上书各级领导直至中央,甚至多次遭受批判。

我们不能陷入极端,以赵树理为标准来评价甚至否定沈从文,也不能以沈从文为标准来评价甚至否定赵树理,二者都是片面和错误的。

正因为如此,汪曾祺的文学史意义凸显出来。汪曾祺同样如此,他经历了长达30年的"思"与"信"的反复搏斗,在痛苦磨炼中不放弃,努力着,希望着。终于有一天,汪曾祺不仅复活了,而且创造了时代奇迹。

"思"与"信"可以说是中国知识分子在探索、实践、摸索社会主义前进的征程中,必然遇到的难题。走沈从文之路,还是走赵树理之路,今天来看,应该是不同类型作家的自我选择,我们不能苛求。离开时代,去绝对地肯定或否定,是历史的教训。

# 六

1990年10月18日的《文学报》登载了红药的文章《话说赵树理和沈从文:记汪曾祺先生一席谈》。

没有想到,去拜访汪曾祺先生,主客张口而来的话题是赵树理。更没想到的是,汪先生称赵树理是一个亲切、可爱且妩媚的作家,说完颇自得地一乐。也许是太多的人误解了这位大众文学宗师,汪先生的嘴里便有了异趣。

　　他说赵树理写的绝不是简简单单,故事体的大众文学,《登记》从一枚罗汉钱下笔,布局是很精心的,更有的小说带着契诃夫式的智慧,比如《催粮差》。他说据语言学家称,赵树理的语言是决挑不出一点儿毛病的,盖过了鲁迅。他还说,赵树理最可贵处,是他脱出了所有人给他规范的赵树理模式,而自得其乐地活出一份好情趣。


这段话很重要,再次说明了赵树理与汪曾祺的关系,尤其是"赵树理最可贵处,是他脱出了所有人给他规范的赵树理模式"这句,联系到赵树理反复坚持自己的创作是自成体系的认识,这是重读赵树理、研究赵树理的一把钥匙。过去,我们对此或者没有认识到或者重视不够,这也是笔者一再想说明的,赵树理文学、"赵树理方向"、《延安讲话》三者同、异、通及其张力是新中国成立后对赵树理文学肯定之后的否定、否定之后再肯定的内在原因。

1985年,黄子平、陈平原和钱理群在《论二十世纪中国文学》中给予赵树理高度的评价:"由赵树理所代表的以讲故事为主的叙事分支则显示了史诗传统和现代发展。"给汪曾祺等在20世纪中国文学史上一个非常高的定位:鲁迅、废名、沈从文、汪曾祺等作家"自觉地打通诗、散文、政治、哲理与小说的界限的一种现代意识,使中国抒情小说得到充分的发展"。30年来,应该说这种打通文学史的思路已取得了许多成果，但还没有上升到自觉的指导思想。许多专家学者通过对经典作家的比较研究，在打通20世纪文学史上取得了明显的成果。孙郁、赵勇的文章很重要的意义，就在于揭示了汪曾祺对鲁迅、老舍、赵树理既传承又创新的文学史意义，这一点十分重要。

可惜，由于种种原因，这种打通20世纪文学史的基础性研究进展不大。尤其是在改革、开放、包容的大环境下，一度认为文学沦为社会边缘的困境已被打破，文化的多样性、文学的多样性使得文学创作异常火爆，百花齐放的局面应该说开始出现。虽然评论家、批评家们忙得不亦乐乎，但对经典作家的比较研究，对他们作品同、异、通的研究进展缓慢，如赵树理、丁玲、柳青、周立波、孙犁的研究并不理想，对赵树理与汪曾祺的比较研究就更少了。近年来，刘旭以赵树理的叙事模式研究为突破口，取得了不少进展。《文学评论》2015年第2期发表了刘旭的《汪曾祺小说的叙事模式："汪氏文体"的形成》，文章认为：

> 80年代的汪曾祺是中国文坛的奇迹，其最大的成功在于文言、民间话语与口语相结合而形成的"汪氏语言模式"。该模式率先构成对当时话语禁忌的突破，取得了"陌生化"的效果。汪曾祺小说从革命时代的"大众化"话语中汲取民间向度，从古典小品文中汲取自由式文人意识，可以说是赵树理与沈从文的糅合，从而促成了中国文学语言的革命性变化，构成与西方文学截然不同的语言模式。但汪曾祺小说"大众化"中的民间向度，并非指向下层人民，而是自由式文人个体化诉求的反映，借此与周作人代表的京派一脉相承，成为"新启蒙"时代打通20世纪文学史的典型个

案,在中国文学史上占有重要地位。

2020年是汪曾祺诞辰百年,赵树理逝世50周年,为了纪念他们,许多文章将汪曾祺和赵树理联系起来研究,这是十分可喜的。

伟大的中国革命和现代化进程催生了鲁迅、郭沫若、茅盾、巴金、老舍、曹禺一代文学大师,催生了赵树理、丁玲、柳青、周立波、孙犁一代文学大师,催生了汪曾祺、莫言、陈忠实、余华、贾平凹、路遥一代文学大师,紧跟其后的,是一大批已经成长起来或正在成长的知名作家。伴随着中华民族伟大复兴中国梦的实现,中国文学一定能自立于世界文学之林。

(本文原载《中国赵树理研究》2020年第2期)

第二部分

# 关于《小二黑结婚》的几个话题

## ——纪念《小二黑结婚》出版70年

　　1943年9月,赵树理的成名作《小二黑结婚》由华北新华书店出版发行,不仅在抗日根据地引起巨大反响,同时也实现了赵树理一生最重要的转变,即由抗日宣传战士向人民作家的转变。同年12月,《李有才板话》出版。不仅在抗日根据地,而且在国统区和沦陷区,也引起了很大的反响。《李家庄的变迁》发表后,赵树理很快成为代表解放区文学艺术创作"方向性"的作家。

## 一、《小二黑结婚》和《延安讲话》的关系

　　这是研究《小二黑结婚》的大前提。这个话题清楚了,许多问题就清楚了。文艺界和史学界一般认为,《小二黑结婚》是赵树理的成名作,是赵树理最终走上职业作家(虽然赵树理一直很不情愿)的奠基作品,这无疑是对的;随着《李有才板话》《李家庄的变迁》相继出版,说赵树理是解放区文学艺术创作"方向性"作家也是对的;进一步把赵树理树为《延安讲话》的忠实贯彻者、执行者,从大历史观来讲,从历史发展规律与逻辑相统一来讲,也是对的。但简化历史,把《小二黑结婚》说成是赵树理学习了《延安讲话》之后,按照毛泽东的要求而创作的作品,就不符合历史的真实了。以讹传讹,造成了许多不应有的错误认识。

为什么会出现这种情况呢？时间和环境给历史出了一个不小的难题。

先从时间说吧。1942年,中华民族正经受着血与火的考验。在延安,毛泽东正和一群文学家、艺术家一起热烈,甚至时而激烈地讨论着中国革命文艺的一系列问题,并由此产生了中国革命文艺史上极其重要的纲领性的《延安讲话》。毛泽东出于对文艺战线方针政策的慎重,《延安讲话》当时并未发表,反复修改后,按照毛泽东的要求,直至1943年纪念鲁迅先生逝世7周年,10月19日《解放日报》才全文发表。《小二黑结婚》调查酝酿于1943年春天,成书于1943年5月,1943年9月发表。无论是5月还是9月,延安文艺座谈会召开已经过去1年时间了,身在抗日根据地的赵树理难道没有听到《延安讲话》吗? 真实的历史告诉我们,赵树理确实没有听到《延安讲话》。这又是为什么呢? 这就离不开当时的环境了。

1942年5月,日军对太行抗日根据地进行了残酷的大"扫荡",八路军副总参谋长左权将军就是在这次反"扫荡"中壮烈殉国的。宣传文化战线同样伤亡惨重,《新华日报》(华北版)负责人何云,晋东南文协执委陈墨君、高咏、刘雅灵,鲁艺戏剧系主任严喜、音乐系主任朱执民等都英勇牺牲。一次转移中,由于雾气很大,看不清路,赵树理失足跌下山崖,大家都吓坏了,好在赵树理穿了一件棉袍子,跌下去后挂在了树上才侥幸没死。北方局调查研究室的几十名同志都牺牲了,彭德怀决定,将北方局调查研究室设在党校。杨献珍请示彭德怀同意,于1942年冬将王春、赵树理调往北方局党校调查研究室。

此时,太行抗日根据地又遭受了严重的旱灾和蝗灾。可想而知,抗日根据地形势是何等严峻,环境是何等恶劣,生活是何等艰苦。

在战争如此残酷、环境如此恶劣、任务极其繁重的条件下,适应革命的需要,赵树理为抗日根据地军民创作了鼓舞斗志的《小二黑结婚》。《小二黑结婚》生动地体现了《延安讲话》的精神,成为与《延安讲话》相呼应的经典作品,这正是赵树理的独特与伟大之处。

2011年,陈为人的《插错"搭子"的一张牌:重新解读赵树理》一书出版,许多看法充满了新意。笔者非常赞同其中的一句话:"政治家毛泽东的宏图伟略与文学家赵树理的创作理念不期相遇不谋而合了。"这就是《延安讲话》与《小二黑结婚》的关系。让我们看看赵树理自己的说法吧。1966年,当"文化大革命"的大火烧到赵树理时,他在检查中说:"1943年我写出《小二黑结婚》,恰是毛主席《在延安文艺座谈会上的讲话》传到太行区来的时候(比发表的时间迟一年),我读了,以为自己是先得毛主席之心的,以为毛主席讲话批准了自己的写作之路。"笔者想,这就是最准确也是最生动的历史。一个能够和毛泽东共同思考,不仅思考,而且也在苦苦实践着,文艺为什么人、如何为问题的革命战士赵树理,为《延安讲话》提供了一个典型、一个范例,赵树理的贡献还不够大吗? 理论与实践相统一,历史与逻辑相统一,统帅与战士心相连,相互支持。

## 二、为什么说赵树理是"一位在成名之前已经相当成熟了的作家"

1946年8月26日,《解放日报》发表周扬的《论赵树理的创作》,文章指出:"一位在成名之前已经相当成熟了的作家,一位具有新颖独创的大众风格的人民艺术家。……赵树理同志的作品是文学创作上的一个重要收获,是毛泽东文艺思想在创作上实践的一个胜利。"

为什么这样说呢?

成名之前,肯定指的是《小二黑结婚》发表之前。周扬发表文章之前,曾经要求赵树理写一个自传性材料,以便对赵树理有更多的了解。

随着时间的推移,特别是对赵树理研究的深入,赵树理的创作生涯逐渐展现在大家的面前,大体可分为4个阶段:20世纪30年代、1937—1942年、1943年至新中国成立前、新中国成立后。成名之前当然指20世纪30年代和抗战前期。据史纪言、王中青等同志回忆,赵树理在写出《小二黑结婚》之前,先后写过四五十万字各种形式的作品。

20世纪30年代,赵树理曾经发表过许多作品,包括诗歌等,但至今留下来的并不多。现在一般公认,1934年是赵树理创作生涯中极为重要的一年。这一年,赵树理创作了长篇小说《盘龙峪》,描写农民和封建势力做斗争的故事,可惜该作品并未写完。幸运的是,在董大中先生的努力下,从《中国文化建设协会山西分会月刊》第1卷第2—4期(分别于1935年2月16日、4月16日连载)找到了《盘龙峪》的第一章。就是这一章,专家学者一致认为这是赵树理走上大众化、通俗化创作道路的代表作。正如赵树理所说:"我有意识地使通俗化为革命服务萌芽于1934年,其后一直坚持下来。"

抗战前期,赵树理主要是在宣传战线上工作,用现在的话来讲,是一个宣传战士,但他的文学文艺创作才能不断显现出来并得到大家的认可。他在阳城县担任抗日区长时,常常把讲话的内容编写成快板的形式说给群众听,使群众乐于接受。每逢他开会,群众就来得快也来得全。赵树理当了阳城县公道团团长后还忙中挤时间为阳城县大众剧团写剧本并指导排戏,与肖里合作创办了《新中国报》。1939年初,赵树理转移到太行抗日根据地后被分配到第五专署民宣科工作,主要负责发动和组织戏剧演出工作。从1939年9月起,赵树理先后负责《黄河日报》(路东版)副刊《山地》、《人民报》副刊《大家干》;1940年5月,调往《新华日报》(华北版),又负责《中国人》报副刊的编辑工作。残酷的抗日战争、根据地人民如火如荼的英雄事迹、汪精卫伪政权和汉奸的丑恶嘴脸,给赵树理提供了鲜活的素材,赵树理的创作才能被激活,写出了许多脍炙人口、短小精悍的作品。由于环境残酷,《中国人》报几乎是赵树理一个人办的。周扬到晋冀鲁豫中央局出任宣传部部长后经过调查了解,对赵树理做出了准确的评价。赵树理为抗日宣传写的许多作品相继被发现,这些作品不仅是中国现代小说中最早出现的小小说,而且也是中国现代新闻传媒学的早期经典作品,值得当代宣传新闻工作者学习和借鉴。《小二黑结婚》《李有才板话》《李家庄的变迁》也确实实现了思想性和艺术性的高度统一。

当然,赵树理也有苦恼的时候,那就是他的作品虽然老百姓喜欢看,但是从大城市来喝过洋墨水的知识分子并不喜欢。这些知识分子认为赵树理的作品土得掉渣,对赵树理文学创作大众化、通俗化的主张更是强烈反对。在1942年1月太行文化界座谈会上,赵树理的主张成为争论的焦点。支持赵树理的如王春、吕班等认为好得很,而不同意,甚至反对赵树理的也是言辞激烈。两种主张之争,到后来延续为两条文艺路线之争。非常出名的一件事就是1943年被彭德怀留在太行山出任文联主任的徐懋庸就不喜欢,他不支持赵树理,甚至反对赵树理,从而引出一桩公案:徐懋庸是否压制过《小二黑结婚》的出版。当然,实事求是地讲,徐懋庸等当时并没有压制《小二黑结婚》的出版。历史已经过去70年,理性地看待那场争论,赵树理无疑是正确的;彭德怀、杨献珍等支持赵树理是正确的;支持赵树理与反对赵树理之间的争论,甚至斗争相当激烈也是真实的。由于抗日根据地环境之复杂,当时知情人相继离去,健在的知情人记忆的偏差,完全弄清楚历史的真相与细节已不现实。笔者想指出的是,由于新中国成立后一段时间内奉行"左"倾路线,反映在文艺路线上就是指导思想的不确定和反复,也影响了对赵树理乃至对这段历史的探讨和评价。同样,把支持赵树理和反对赵树理完全固化于两条文艺路线之争,也是不科学的。

非常重要的是,《延安讲话》是毛泽东1942年5月在延安讲的,其核心思想应该是毛泽东在经历了长期革命斗争的实践和思考,特别是总结了不同的包括正确的和错误的文学艺术和创作思想,从抗日战争实际需要出发,从新民主主义革命时期文化建设的实际需要出发,才形成了完整系统的革命文艺思想、理论、方针。赵树理正是在革命斗争的实践和洗礼中走来,自己既独立思考,从实践中萌发文学艺术要大众化、通俗化的想法,又接受了革命文艺主张的熏陶,特别是学习了毛泽东《新民主主义论》,在彭德怀、杨献珍等领导,何云、王春、吕班等战友的支持下,才逐步成长、成熟起来的。从这一点来讲,《小二黑结婚》和《延安讲话》是一脉相承的。《延安讲话》的发表,对赵树理是一个巨大的支持和鼓舞,从此赵树理更加自觉地走上了为人民而创作的文学道路。

## 三、为什么小二黑不能死

这也是一个很重要的话题。《小二黑结婚》究竟写成喜剧好,还是悲剧好,这历来是评价《小二黑结婚》的热门话题之一。这很正常,但在赵树理的当代研究中成了问题,否定赵树理的人都说赵树理不应该把悲剧写成喜剧。

《小二黑结婚》是岳冬至案件的结案报告吗?不是。小二黑、小芹完全等同于岳冬至、智祥英吗?不是。是新闻通讯报道吗?不是。是报告文学吗?也不是。《小二黑结婚》就是一篇小说,一篇引起解放区军民轰动的小说,一篇引起无数男女青年争当小说主人公、争取婚姻自由幸福的小说,一篇被改编成电影、戏曲、歌剧等多个剧种在全国上演的小说,一篇被翻译成多种外国文字在40多个国家和地区出版发行的小说。如果写成悲剧能引出这么大的社会效应吗?肯定不行。笔者赞成有的赵树理研究者所指出的,就《小二黑结婚》的故事主题和结构,只能是喜剧而不能是悲剧。

岳冬至被打死的案件,由赵树理调查清楚并被区政府严肃处理后,但他并不满足于此,而是比常人更深刻地思考着中国农民的命运。这一年,赵树理37岁。一个非常熟悉传统文化,从农民中成长起来的知识分子,在接受了五四新文化的洗礼,经受了抗日战争的熏陶之后,决心为农民的命运鼓与呼。岳冬至的惨死激怒了赵树理,他要为岳冬至们找到一条出路。条件已经具备:抗日根据地,共产党领导,《晋冀鲁豫边区婚姻暂行条例》公布施行(1942年1月15日)。那么阻碍这一愿望实现的原因是什么呢?是根深蒂固的封建观念,是封建势力,是新生政权中的不纯分子。于是以反对封建婚姻为主题的创作思想形成了。小二黑、小芹、二诸葛、三仙姑，一个个鲜活的形象浮现在赵树理的脑海中。

在读者心目中，大多数人似乎更喜欢二诸葛、三仙姑，这正是赵树理创作成功之奥妙。这两个人物形象，既是老百姓非常熟悉的普通而典型的农村人物，也是赵树理心中早已成型的人物形象。在此前赵树理创作的戏剧《神仙世界》中，早已为他们安排了位置。只是遇见了《小二黑结婚》，才有了更重要的位置和作用。于是，赵树理大笔一挥，两个栩栩如生的人物呼之欲出，跃然纸上。

"小二黑，是二诸葛的二小子，有一次反'扫荡'打死过两个敌人，曾得到特等射手的奖励。说到他的漂亮，那不只在刘家峻有名，每年正月扮故事，不论去到哪一村，妇女们的眼睛都跟着他转。"一个活生生的漂亮民兵英雄不是站在你的面前了吗?"打死过两个敌人""特等射手"，几个字就说明了时代背景。"妇女们的眼睛都跟着他转"，一个"转"字，多么丰富的内涵，熟悉晋东南农村的人，哪一个人心目中没有自己的小二黑呢?

"小二黑没有上过学，只是跟着他爹识了几个字。当他六岁时候，他爹就教他识字。识字课本既不是五经四书，也不是常识国语，而是从天干、地支、五行、八卦、六十四卦名等学起，进一步便学些百中经、玉匣记、增删卜易、麻衣神相、奇门遁甲、阴阳宅等书。"这时的小二黑就有点不普通、不简单了。每当读到这里，笔者就会想，这不就是赵树理小时候的故事吗?

"小芹今年十八了，村里的轻薄人说，比她娘年轻时候好得多。青年小伙子们，有事没事，总想跟小芹说句话。小芹去洗衣服，马上青年们也都去洗；小芹上树采野菜，马上青年们也都去采。"联想到这些年越唱越响的左权民歌《亲圪蛋下河洗衣裳》，这是一幅多么美丽的田园诗画呀！

正是这样一对互相仰慕的小青年，难道不应该有一个美好的结局吗？不要说别的女青年，赵树理一想到自己两个妹妹被父亲包办的不幸婚姻就心痛。参加革命后进一步觉醒的赵树理坚决反对父亲的包办，千方百计支持自己的小妹妹实现了婚姻自主。现在，有共产党领导，有抗日政府做主，一定要给小二黑、小芹争取一个圆满的结果。更何况，在残酷的抗日战争中，要让人民看到希望啊！

还是看看赵树理是怎么说的吧："要把小二黑写死，我不忍。在抗日战争中解放区的艰苦环境里，要鼓舞人民的斗志，也不应把小二黑写死。"

还是回到历史的真实吧：《小二黑结婚》一出版，立即被抢购一空，短时间内一再重印，很快销售4万多册。由襄垣秧歌剧团、武乡光明剧团开始，许多剧团纷纷把《小二黑结婚》改编成戏曲搬上舞台。小二黑、小芹成了解放区家喻户晓的人物，争当小二黑、小芹，成了解放区青年的追求，不当二诸葛、三仙姑也成了许多父母放弃包办子女婚姻的理由。这是一场声势浩大的反封建、争取婚姻自主幸福的思想解放运动。即使70年后的今天，《小二黑结婚》仍是晋东南地区农村戏剧演出的经典。

## 四、纪念《小二黑结婚》出版70年有什么现实意义

纪念《小二黑结婚》出版70年，同时值得纪念的还有《李有才板话》出版70年。

1941年，纪念鲁迅先生逝世5周年的时候，赵树理在《抗日生活》上发表了一篇短文《多看看》。赵树理有感而发："根据地已是新民主

主义社会了,可是我们在文艺作品中反映得还有限。假如鲁迅先生健在,他看到这样的新社会,说不定已有一部比《阿Q》更伟大的作品出世了。然而他老人家已经离开我们五年了,为了使我们能够有新的杰作出现,大家自然该喊一句'在创造上学习鲁迅先生'的口号。"

赵树理不仅这样说了,而且身体力行,努力探索创作新的作品,于是有了《小二黑结婚》,有了《李有才板话》,有了《李家庄的变迁》。时代的呼唤,亿万农民翻身当家做主人的命运改变,立志为农民利益代言的责任担当,很快让赵树理成为中国现代文学史上一棵根深叶茂、果实累累的参天大树。

经过70年的历史变迁,中国发生了巨变,中国的农村和农民也发生了历史巨变。但由于中国社会发展的极不平衡,反封建的不彻底,《小二黑结婚》中许多落后的现象和观念并未彻底铲除,加上拜金主义盛行,在一些落后的农村,历史总是惊人的相似:"金旺"被打倒了,又出现了"银旺""铜旺""铁旺"式的村霸;"属相不和""命中相剋"一而再,再而三地扼杀了一对对"小二黑"和"小芹"的幸福婚姻。

在谈到赵树理研究的当代意义时,老一代赵树理研究专家黄修己指出:"赵树理作品的特色是什么呢? 我以为最主要的还不是通俗化、大众化,创作了新的民族形式等,而是他跟农民的密切关系。现代文学史上写农民的真是多啊,但是再没有谁能有赵树理与农民关系这么深的。我们中国有几亿农民,我们长期的民主革命实质上就是农民革命,在这样的背景下才出了一个赵树理,还真是不容易。无论是启蒙主义作家对农民弱点的批判,无论是革命作家对农民革命的歌颂,都无法与赵树理相比。我曾经说过,别的作家与农民关系是从外面插进去的,赵树理则是从里面长出来的。他从生活到情感全是农民化的。他深深地爱农民,可能连缺点也爱了。今天,如果要问纪念赵树理的当代意义，我的看法就是发扬他这博大的爱，对于农民的深深的爱！这太需要了！"

如果我们的视野再开阔一点，放眼国际上对赵树理的研究，笔者想推荐董大中先生在《赵树理评传》中提到的20世纪80年代日本专家学者对赵树理的研究。

1983年春天，山西大学日语教师梁国继赴日本研修日语，受董大中委托拜访了和光大学人文部中国文学研究室釜屋修先生。釜屋修先生研究中国现代文学，重点研究赵树理，著有《赵树理评传》。梁国继就20世纪80年代中国已不大拥有读者的赵树理文学，在日本却被大量翻译出版，吸引了一批学者深入研究赵树理这一问题请教釜屋修先生。釜屋修先生深思后说："生活在这种表面繁荣、文明，背后充满尔虞我诈、冷酷无情的社会中，我无时不感到忧虑与不安。日本社会向何处去，日本的文化艺术向何处去，日本人民的精神向何处寄托……但是，每当读到赵树理的作品，就感到了无限的安慰，受到很大的鼓舞。这是因为，从赵树理的作品中，我看到了真正的农民生活、农民的道路，以及兴旺发达的农民的文学艺术。"更令人震撼的是釜屋修先生说："我们学习和研究赵树理，就是要分析和探讨赵树理的创作道路、创作手法，从中受到启迪，从而寻求一条日本农民文学创作的正确道路，用以拯救行将消亡的日本农民文学，拯救被破坏得支离破碎的珍贵的日本传统文学艺术遗产。"

进入21世纪，中国的工业化、城市化步伐加快，但一个仍拥有几亿农民的人口大国，农民、农村是不可能消亡的。从中国国情出发，再发展几十年，仍会有几亿人口生活在乡村。贯彻党的十八大精神，全面建成小康社会，重点在农村，难点也在农村，广大农民仍然期盼能够读到新的《小二黑结婚》《李有才板话》。借用赵树理纪念鲁迅先生的话,我们也要大声呼吁:为了使我们能够有新的杰作出现,大家自然该喊一句"在创造上学习赵树理先生"的口号。

（本文原载《中国赵树理研究》2013年第1期,收录于2016年由北岳出版社出版的杨占平、赵魁元主编的《新世纪赵树理研究》）

# 永恒的《李有才板话》

## ——重读《李有才板话》有感

张得贵，真好汉，

跟着恒元舌头转；

恒元说个"长"，

得贵说"不短"；

恒元说个"方"，

得贵说"不圆"；

恒元说"砂锅能捣蒜"，

得贵就说"打不烂"；

恒元说"公鸡能下蛋"，

得贵就说"亲眼见"。

凡是读过《李有才板话》的人，是绝不会忘记这段话的。初读，感觉太有趣了；稍懂事理后，感觉太深刻了；经历了许多磨炼后，才知道这段话太经典了。对于赵树理研究，笔者自觉地定位于热心人和服务者，从不敢奢望成为研究者。直到有一天，一位既关心笔者，也关心赵树理研究的老师问："你通读了赵树理的全部作品了吗？你重读了他的经典作品了吗？"笔者很是惭愧。于是，开始补课，开始读赵树理的全部作品，开始重读，甚至反复读赵树理的经典作品。反复读，当然是反复读大家公认的赵树理的经典作品，也有过去没有读过的经典作品。读，认真读，反复读，自然是收获不浅。过去是懒汉办法，主要是读研究赵树理的文章，了解赵树理研究的现状，了解对赵树理的评价。现在是读文本，以文本为基础，开始走进赵树理的作品，走进赵树理作品中的人物，也进一步走进赵树理。当然，笔者有一个优势，生在农村，长在农村，当过几年农民，参加了20世纪70年代的农业学大寨、80年代农村改革开放的全过程，对农村、农民比较熟悉和了解，因而对作品中的人物理解比较容易。

无论是作家还是评论家，凡是认可赵树理的，都公认《李有才板话》是赵树理经典作品中的巅峰之作。何为经典？《李有才板话》为什么是经典中的巅峰之作？专家学者写了许多文章。2013年是《李有才板话》出版70年，笔者又一次重读了《李有才板话》。笔者虽然写不出学术性的研究文章，但是笔者想以一个读者的身份，谈一下重读的体会。在笔者心中，《李有才板话》是永恒的经典。

# 一、何时少见张得贵

笔者从小偏好数理化，对文学作品并不喜欢。对于赵树理的作品，如《小二黑结婚》《李有才板话》《李家庄的变迁》《三里湾》，虽然也喜欢，但是仅仅翻翻而已。笔者从小酷爱电影，对由同名小说改编的电影《小二黑结婚》和由《三里湾》改编的电影《花好月圆》非常喜欢。1965年赵树理回到山西，挂职晋城县委副书记。晋城一中的校长郭焕章正好是赵树理的校友，所以邀请他给全校师生做报告，笔者才有幸见到赵树理，但对他讲文学创作兴趣不大。后来到图书馆认真读了《小二黑结婚》和《李有才板话》，觉得赵树理笔下的人物真是生动而有趣，狗腿子张得贵的形象更是令人难忘。

1966年6月,正当我们再有一个月就要高考的时候,"文化大革命"开始了。6月18日,党中央发出了推迟半年高考的通知,同学们的大学梦、科学家梦破灭了。

《山西日报》公开点名批判赵树理,人民作家成了反对毛泽东思想的典型,一生为农民利益鼓与呼的人一夜之间成了贫下中农的死敌。

百思不得其解之时,笔者想起了张得贵……一夜之间,革命变成了反革命。多年之后笔者才知道,在"大跃进""放卫星"的年代,赵树理就是一个清醒者,他坚持实事求是,和浮夸风做坚决的斗争。在"文化大革命"中,赵树理绝不跟风,"真话不让说,假话我绝不说"。

## 二、农民需要李有才

《李有才板话》原名《阎家山的故事》,出版时才改为《李有才板话》。看似不经意的改动,其含义则很深刻。由于错综复杂的原因,《小二黑结婚》出版时,赵树理还不知道毛泽东的《延安讲话》。《李有才板话》成稿于1943年10月,同年12月出版。这3个月中间,赵树理肯定是听到了《延安讲话》。赵树理有没有对《李有才板话》再加工呢? 可惜赵树理已死,这一问题永远成谜。

一般人的认识和理解,赵树理突出李有才,是因为可以以此为一条线,串起所有的人物和生活,特别是作为贫雇农的代表,与地主阶级阵营对垒和斗争。这当然是对的。但这条线是主线还是辅线呢? 不同的人有不同的理解。为了纪念《李有才板话》出版70年,崔巍以剖析《李有才板话》中的典型人物为题,一口气写了5篇文章,很让人深思。笔者从文化的角度,从农民文化、农村文化的角度,从赵树理塑造了李有才的角度,也想到几点:首先,农民群众不仅需要物质生活,同样需要精神生活,特别是文化生活。从小喜欢并深受民间文化、群众文化影响,酷爱上党梆子和曲艺演唱的赵树理,对老百姓渴望、企盼文化生活是有深刻体验的。耕读传家是极少数人的事,多数人特别是不认字的农民当然喜欢看上党梆子,听八音会,可那是重大节日或喜庆时才可以看到、听到。平时呢? 说书。赵树理对此同样是熟悉、了解的。但专门的盲人说书也并不常见,常见的是晋东南农村一带,少数脑子聪明、记忆好、口才也好的人,通过一辈辈老人口口相传,成为业余说书人,常在饭场群众吃饭之后"喷书",或者《三国演义》,或者《水浒传》,故事清楚,人物形象生动。有的说书人还会总结提炼,于是有了反映日常生活苦与乐、悲与喜的顺口溜和干梆戏。李有才就是典型代表。请看书中的两段话:"在老槐树底,李有才是大家欢迎的人物,每天晚上吃饭的时候,没有他就不热闹。他会说开心话,虽是几句平常话,从他口里说出来就能引得大家笑个不停。他还有个特别本领是编歌子,不论村里发生件什么事,有什么特别人,他都能编一大套,念起来特别顺口。""到了冷冻天气,才好像一炉火——只要他一回来,爱取笑的人们就围到他这土窑里来闲谈,谈起话来也没有什么题目,扯到哪里算哪里。"可见,李有才已成为老百姓生活中离不开的人物,板话也成了能够给老百姓带来消遣的文化娱乐形式。

其次,农民群众不仅是文化的享受者,而且也是文化的创造者。李有才的生活原型是谁? 一般人认可的,包括赵树理认可的,当然要数左权县峧沟村的李有才,小名李乃顺。李有才当时还年轻,二十五六岁,民兵排长,是1937年入党的老党员。赵树理就住在李有才家调查研究,解放后李有才身体很硬朗,前几年才去世,活了80多岁。后来的赵树理研究者视李有才为重要的活资料,董大中就曾几次走访过李有才。到了阳城县呢？许多人认为李有才是岩山人，1938年赵树理任抗日区长时就认识了岩山的李有才。到了沁水，人们都认为李有才的原型就是赵树理熟悉的沁水农村的艺人。其实，生活中的李有才农村到处都有，李有才是众多李有才的集合和代表。

农民群众创造了群众文化，自然而然，群众文化也成为他们维护自身利益、讽刺挖苦地主阶级的斗争武器。当然，在漫长的旧社会，这种现象是被动的、隐蔽的、无力的。只有到了以推翻三座大山，拯救百姓于水火之中为己任的共产党时代，这种斗争才成了合法的、公开的、有力的。斗争的艰巨和残酷则丰富了群众文化和形式，李有才口中才有了更加生动、更为形象、更加招人喜欢的板书。

再次，赵树理与李有才。赵树理是作家，李有才是赵树理笔下一个有代表性的人物。无数个李有才抽象成了一个李有才，赵树理并不是简单地刻画李有才，而是塑造了一个虽然不识字，但是懂曲艺、会用板话这一武器和地主阶级及其狗腿子斗争的先进人物。赵树理通过李有才的口，描述了减租减息和民主选举的政策，深刻地揭露了以阎恒元为代表的地主阶级及其狗腿子的嘴脸。

现代文学评论引进西方文学评论的观点，丰富了中国的文学评论。比如，作者和隐含作者的关系、读者和隐含读者的关系。谁是作者，赵树理还是李有才；谁是隐含作者，李有才还是赵树理；谁是读者，谁是隐含读者，让评论家去研究吧。通俗地讲，作者所希望的是理想读者。一心为农民写，一心用农民的语言写，写出了农民喜欢看的作品的赵树理，在《李有才板话》中显示了他"当代语言艺术大师"的本领，真正创造了具有中华民族特色、中国气派的文学作品，真正拥有了理想读者——占中国人口绝大多数的农民。

从某种意义上来讲，不仅是赵树理塑造了李有才，而且也是无数个李有才成就了赵树理,对此赵树理是深有体会的。

## 三、农村民主选举路漫漫

赵树理常说,自己写的东西就是要"老百姓喜欢看,政治上起作用",《李有才板话》就是这样的经典作品。但这样的标准,正是构成了对赵树理文学作品褒贬不一、争议不断的原因之一,不同时期的表现更为明显。否定赵树理的人认为,"政治上起作用"不是判断文学作品好坏的主要标准。笔者认为,主要的问题在于对政治的理解。

《李有才板话》出版的1943年,最大的政治是什么? 当然是动员全国人民,不分民族、不分宗教信仰、不分政党派别,联合起来和日本侵略者做坚决的斗争。赵树理所在的太行山抗日根据地形势异常残酷,日军疯狂地进行"扫荡",实行"三光"政策,老天爷也不帮忙,旱灾加蝗灾。共产党正是通过减租减息和民主选举,一方面减轻农民的负担,让老百姓的生活得到改善;另一方面加强农村民主政权建设,让老百姓选出自己信任的人当家做主。这样的政治有什么不对吗?所以《李有才板话》同《小二黑结婚》一样,也是赵树理通过调查研究而创作出来的通俗故事。

减租减息是在中国共产党领导下,在抗日根据地开始实施的。农村选举就不同了,在山西是从土皇帝阎锡山执政后开始的。阎锡山治下的山西,一度被称为中国地方自治的模范,开始在农村推行选举。

如何选举,效果如何呢?《李有才板话》在推出李有才的同时,也推出了地主阶级阵营的代表人物阎恒元。书中是这样介绍阎恒元的:

村长阎恒元，一手遮住天，

自从有村长，一当十几年。

年年要投票，嘴说是改选，

选来又选去，还是阎恒元。

不如弄快板，刻个大名片，

每年该投票，大家按一按。

人人省得写，年年不用换，

用他百把年，管保用不烂。

　　几句板话，几十个字，阎锡山统治下农村选举的真面貌便昭然若揭。

　　时代不同了，中国共产党领导下的农村民主选举，应该说比阎锡山时代的选举民主和先进得多了，效果也是不错的，但是封建统治势力是不会自动退出历史舞台的，根深蒂固的封建观念短时间内是很难改变的，缺乏民主选举经验又很胆小的农民，总喜欢看一些人的眼色行事。所以当时的选举虽然比较活跃，形式新鲜，如给心中的候选人投豆子，但是选举过程、选举结果有时确实难以让人满意。赵树理在充分肯定选举进步的同时，深刻的洞察力使他很快发现了两方面的问题：一方面由于章工作员之类的干部缺乏农村实际工作经验，导致选举仍在阎恒元的控制之下；另一方面新当选的村干部很容易走上"打倒皇帝坐皇帝"的老路。所以赵树理在揭露农村选举过程复杂和两个阵营斗争激烈的同时，着力刻画了陈小元这个人物。

　　陈小元，坏得快，

当了主任要气派;

改了穿,换了戴,

坐在庙上不下来;

不担水,不割柴,

蹄蹄爪爪不想抬;

锄个地,也派差,

逼着邻居当奴才。

多么形象而生动,令人反复思考,这就是伟大的赵树理。不仅反映正在发生的生动生活,而且还在深刻思考农民当家做主之后的生活。

历史证明了赵树理的观察力和洞察力。几十年后,新一轮解放思想求发展的大潮,改革开放就是从农村开始的。在实行了家庭联产承包责任制,农民群众解决了温饱之后,中国共产党顺应群众的心愿,再一次把村民自治的权力交给了群众,海选自己喜欢的当家人。历史有时总是惊人的相似。在多数村民当家做主很成功的同时,也有少部分村,或者是封建宗法势力作怪,或者是经济发展后拜金主义盛行,或者是农民群众自己当家做主的意识还不强,致使农村民主政治的质量不高,个别的甚至很差。老恒元当然不见了,但形形色色的人物粉墨登场,特别是陈小元之类的人物并不少见。"好得很"和"糟得很"的争论还在继续,农村民主政治的道路仍然很长。

# 四、老杨和章工作员

群众观点,是马克思主义的基本观点。群众路线,是党的生命线,是中国共产党克敌制胜的法宝。能不能坚持群众观点,能不能走群众路线,同样是党能否在农村工作中取得胜利的关键。《李有才板话》中着力塑造了派到阎家山的党的干部老杨和章工作员两个不同的典型代表。

老杨和章工作员,只知其姓,不知其名,来龙去脉,赵树理一概没讲。章工作员应该说对农村工作很有热情,对农民很有同情心,所以一到阎家山就有了穷人翻身的机会,因为章工作员是带着查办一只虎阎喜富的公事来的。章工作员一声令下,"这个好村长,把他捆起来",然后把阎喜富带回车上去。

《李有才板话》中共写了3次选举。第一次重选村长时,阎恒元让张得贵向村民转述了他想让谁当的意思,但还是吓得不轻,陈小元只差两票差点当选。由于章工作员并没有真正深入群众,所以在老奸巨猾的阎恒元面前"败下阵来",让阎恒元实现了"侄儿下来干儿子上"的目的。第二次选举,则是阎恒元让张得贵等人钻空子,挖一把黑豆投到陈小元的票碗。

阎家山面貌的真正改变,是另一个共产党员、县农救会主席老杨来了之后。扛长工出身的老杨,和老槐树底的穷人们有着天然的联系,知道百姓冷暖和辛苦,吃得下穷人的饭,听得进穷人的话,很快摸清了阎家山的底子,带领贫穷农民同阎恒元进行了坚决的、彻底的斗争,第三次民主选举才成功了,同样取得了减租减息的双胜利。在老杨的身上,我们会发现赵树理的影子。

正因为不同的历史时期,有一批批老杨式的好党员、好干部,所以共产党才取得了一个又一个胜利,不仅打败了日本侵略者,而且还打败了当时比共产党强大的国民党,终于实现了几亿人民群众,特别是农民当家做主的伟大胜利。

和赵树理同时代的柳青、孙犁在评价自己的作品时,总是说50年以后看。《李有才板话》发表70年了,其中的故事仍未过时,许多人物仍然栩栩如生,人们总会在日常生活中找到他们的影子。所以说,在抗日战争、解放战争时期《李有才板话》是经典,在当代依然是经典。

《李有才板话》永恒!


(本文原载《中国赵树理研究》2015年第1期,收录于2016年由北岳出版社出版的杨占平、赵魁元主编的《新世纪赵树理研究》)

# 读《“锻炼锻炼”》

2018 年是《“锻炼锻炼”》发表 60 周年,笔者想以一个读者的身份来谈谈自己对这篇小说的认识和体会。初读,觉得有趣;重读,觉得深刻。"横看成岭侧成峰,远近高低各不同。不识庐山真面目,只缘身在此山中。"

## 一、初读《“锻炼锻炼”》

笔者第一次读《“锻炼锻炼”》,是 1960 年上初中时,在学校图书馆的《火花》杂志上。喜欢文学的同学津津乐道,笔者偏理而不喜文,但小腿疼和吃不饱的故事还是把笔者吸引住了,故事引起笔者的共鸣,觉得有趣。要知道,在 20 世纪 60 年代,大多数人都吃不饱,更何况十二三岁正在长身体的我们,对饿肚子的滋味体会很深。当然,小说中的吃不饱并不是真吃不饱,小腿疼也不是真的腿疼。

真正对《“锻炼锻炼”》有了体会和认识是 20 世纪 60 年代末和 70 年代初。1966 年笔者高中毕业,考入清华大学志在必得,不料"文化大革命"把笔者送回农村当了农民。好在那一代学生酷爱《钢铁是怎样炼成的》,均以苦为乐。同学们也常常互相探望鼓励,记不清哪位同学带来了《“锻炼锻炼”》,意在激励大家要好好"锻炼锻炼",真可谓雪中送炭。迫不及待读了一遍,印象是真实,就好像是赵树理专为我们写的农村读本。笔者也有了新的体会,好好"锻炼锻炼"。我们相互鼓励,要走出自己的路。记得笔者脑子里忽然闪出一句话:绝不能像李白那样,"大道如青天,我独不得出"。

这时读《"锻炼锻炼"》,最吸引笔者的,已不仅仅是小腿疼、吃不饱,而是开始琢磨杨小四、王聚海、王镇海。虽然当了农民,但是因为笔者高中毕业,而村里又乱得很,县委工作队就动员笔者入了党,担任了党支部副书记、村革委会主任。更为重要的是,笔者的母亲是一位吃苦耐劳、勤俭持家、很能干的人。用今天的眼光来看,母亲不仅吃苦耐劳,而且富有智慧,很有经济头脑,笔者从她身上学到了许多东西,终生受用。母亲性格刚烈,遇到不平之事,常常奋起反抗。她老觉得干部在欺负她,甚至跑到公社、县里告状。当然,母亲十分讲理,和小腿疼、吃不饱完全不同。干群关系紧张,是笔者小时候的心中之痛。如今该怎么办呢?这时候,党的九大已经召开,对于基层而言,人心思稳。笔者是学《毛泽东选集》长大的,《关于正确处理人民内部矛盾》就成了有力的武器。当然,很快开始了农业学大寨,以阶级斗争为纲,自然少不了批斗会。但笔者始终认为,农村所发生的矛盾和纠纷,本质上还是人民内部矛盾,所以笔者坚持既表理又和事,力争矛盾不出村,即使出村告状,也必须带上笔者的处理意见,比较妥善地处理了所遇到的问题。正是这几年的实践和锻炼,笔者才真正了解了农民,熟悉了农民,和农民有了深厚的感情。当然也有可气可恨的时候,遇到形形色色的常有理、惹不起、小腿疼和吃不饱等,又和亲情、友情搅在一起,真是哭笑不得,既硬不得也软不得。

笔者是幸运的。1972年作为山西首批工农兵学员被推荐上了大学。1980年又被组织安排到乡镇,有幸参与了以家庭联产承包责任制和大包干为核心的农村改革。20世纪90年代又到县里分管农业、农村和小康建设。所以遇到矛盾和纠纷时,笔者脑子里时不时会想到,某某支部书记、村委主任、年轻干部是王镇海,还是王聚海,或者是杨小四? 笔者也常常想到自己。

## 二、再读《"锻炼锻炼"》

1993年10月,笔者作为中国农民访问团的一员到英国访问,主要是考察农业,挤时间参观了莎士比亚故居。收获之大出乎意料,简单地说,就是顿悟:一个仅2万人口的小镇,因为莎翁之名,每年竟有150万人次造访。看一看英国人是如何纪念莎翁的,想一想我们是如何对待赵树理的,我们何时也能像纪念莎士比亚一样纪念赵树理呢? 天遂人愿,2006年赵树理百年诞辰,作为赵树理家乡的晋城市委、市政府举行了一系列活动来纪念赵树理。笔者时任晋城市委宣传部部长,有幸参与和组织了这一系列活动,对赵树理的认识愈来愈深刻,对赵树理的敬仰也愈来愈强烈,退休后又积极参与了赵树理研究的活动,对赵树理的研究与宣传,似乎成了自己的使命与责任。笔者的坚持就是两条:一是老老实实读赵树理的作品,二是尽可能多地了解关于赵树理的评论。从笔者自身的实际出发,只能二者并进,且以后者为主。以后者为主虽为捷径,但局限性很大,很容易掉入固有的结论之中,这只能是一个热心人而并非研究者的选择。

赵树理的作品,《"锻炼锻炼"》自然属非读不可之列。前面说过,《"锻炼锻炼"》是笔者走向社会的第一部教科书。

读有关赵树理的评价,笔者则是吓了一大跳。《"锻炼锻炼"》从问世之日起,就争议不断。正如大家所熟知的,1959年《文艺报》先后发表了两篇针锋相对的文章:一篇是武养的批评文章《一篇歪曲现实的小说:〈"锻炼锻炼"〉读后感》,对小说全盘否定;一篇是张庆和的

《读小说〈"锻炼锻炼"〉》,对小说的全面肯定,引发了对《"锻炼锻炼"》的争论。《文艺报》借此组织讨论,探讨创作如何表现人民内部矛盾的难题。王西彦发表了《〈"锻炼锻炼"〉和反映人民内部矛盾》的文章,对小说高度肯定,甚至发出了要保卫《"锻炼锻炼"》的号召。

赵树理是什么态度呢?

1959年3月13日,赵树理在山西省文联理论研究室就《当前创作中的几个问题》发表了意见,其中第二部分是《如何处理人民内部矛盾问题》。赵树理重申了他一贯的观点:

> 我的作品,我自己常常叫它是"问题小说"。为什么叫这个名字,就是因为我写的小说,都是我下乡工作时在工作中所碰到的问题,感到那个问题不解决会妨碍我们工作的进展,应该把它提出来。

赵树理特意列举了《李有才板话》《三里湾》《"锻炼锻炼"》这3部作品:《李有才板话》这篇小说里有敌我矛盾,也有人民内部矛盾。

《三里湾》"这篇小说里对资本主义思想和右倾保守思想进行了批判,是作为人民内部矛盾写的。有人说其中敌我矛盾是漏洞,我不同意"。

> 再如《"锻炼锻炼"》这篇小说,也是因为有这么多个问题,就是我想批评中农干部中的和事佬的思想问题。中农当了领导干部,不解决他们这种是非不明的思想问题,就会对有落后思想的人进行庇护,对新生力量进行压制。
>
> 这是一个人民内部矛盾问题,王聚海式的、小腿疼式的

人,狠狠整他们一顿,犯不着,他们没有犯了什么法。可是他们思想、观点不明确,又无是无非,确实影响了工作进展。对于他们这一类型的人,我觉得最好的办法是把事实摆出来,让他们看看,使他们的思想提高一步。

两年后的1961年9月4日,赵树理在长春电影制片厂电影剧作讲习班讲话时再次提到了《"锻炼锻炼"》:

> 关于《"锻炼锻炼"》的争论,基本观点是两种:一种是实事求是,一种是用概念。从概念出发,他就会提出"这像社会主义的新农村吗"这样的问题。其实,这不是像不像的问题。你跑去看一看吧,你跟我到一个大队去住几个月吧,你就不会这样提问题了。如果凭空在想:"既然合作化这么久了,农村还有这种情况? 这就没法说了。因为从概念出发和从事实出发,结论不常是一样的。"

这是我们读《"锻炼锻炼"》,准确理解和评论这篇小说的基础和关键。

历史证明了《"锻炼锻炼"》是经典之作。

党的十一届三中全会之后,随着思想解放、文艺春天的到来,人们越来越怀念赵树理。伴随着各种纪念活动,对赵树理小说的评价有了新的认识,对《"锻炼锻炼"》同样如此。

最有代表性的学者是董大中和陈思和。

董大中无疑是新时期赵树理研究的开创者。对于《"锻炼锻炼"》,董大中提出了许多新的见解,最为主要的是两点:董大中把小说中存在的矛盾概括为"表层的逻辑"和"深层的逻辑"。据此深挖一步，以赵树理1956年给晋东南地委书记赵军的一封信为据，以有些干部"把人不当人"为主线，得出了杨小四等人诱民入罪的结论。

陈思和的结论更为鲜明，认为《"锻炼锻炼"》是赵树理的晚年绝唱，他正话反说，反话正说，明眼人都能看得出来，他揭露的仍然是农村基层干部中的坏人，那些为了强化集体劳动和割资本主义尾巴的基层干部，不但作风粗暴专横，无视法律和人权，而且为了整人不惜诱民入罪，把普通的农村妇女当作劳改犯来对待……

无论是董大中还是陈思和，在他们的推动下，不仅将赵树理研究推向了一个新高度和新深度，而且对整个20世纪中国文学史的研究做出了贡献，这已被学界所认可。但不容忽视的是，在认识和评价《"锻炼锻炼"》时，他们有点简单化，似乎从一个极端走向了另一个极端。笔者只想就一个问题说一下自己的看法，如何给杨小四和王聚海定位。

让我们回到小说本身。

杨小四几次吓唬要把小腿疼送往法院，但最终的结果是并没有送往法院，以小腿疼认错了结。这既是农村处理这类事件的一般结果，也反映了赵树理妥善处理人民内部矛盾的主观愿望。

不可否认，在不同的历史时期，农村基层干部队伍中，确有少数坏人。有的人本质就坏，有的人则是掌权以后逐步变坏了。赵树理在文学中做了反映，是他的一大贡献，但《"锻炼锻炼"》的本意并不是如此。1957年以后，在不断升级的政治运动中，杨小四有可能变成王镇海，有可能变成王聚海，也有可能变成坏干部，但历史是不允许假设的。

再说王聚海，这是一个比杨小四更复杂、更丰富、更有争议的人物。

整风的重点对象是谁？王聚海。为什么，小说写得够清楚了。赵树理极富有文学智慧，给小说起了个《"锻炼锻炼"》的名字，就缘于王聚海看不起有活力但还不成熟的年轻人，常常说他们需要"锻炼锻炼"。殊不知，自己这个多年合格的老干部已不适应社会主义发展的需要而需要"锻炼锻炼"了。这是非常好理解的，但王聚海的问题概括起来叫作和事不表理。那么理想的应该是什么呢？自然是既讲理又和事。但现实情况又是怎么样的呢？我们经常遇到的是表理而不和事，这自然是人们不愿看到的。从更为深层次来看，何为理？事实上，在以阶段斗争为纲的年代里，许多理讲偏了。赵树理一再倡导和坚持的农村社会主义伦理，并没有引起大家的足够重视。有家长理短的理，这是大量发生的日常现象，小腿疼和吃不饱就是典型代表。就解决和事佬现象而言，王聚海是对象，但就农村的长期稳定而言，许多事情和矛盾的发生并不是表面所看到的现象，而是有隐藏在背后或深层的原因。

## 三、新世纪解读《"锻炼锻炼"》

进入21世纪，赵树理研究进入了一个新阶段。重读赵树理，重新认识和评价赵树理，已成为一个热门课题，并且出现了许多新的观点和新的见解。2004年2月出版的由刘复生、张宏编选的《中国现当代文学名著》，将《"锻炼锻炼"》作为赵树理的代表作收录其中。在笔者的记忆中，赵树理的小说被选入经典文学的一般是《小二黑结婚》和《李有才板话》，这些作品既是赵树理的成名作，也是他的经典之作。《"锻炼锻炼"》进入经典文库，自然有重要的含义。

赵勇在《文艺研究》(2017年第9期)发表了一篇文章:《〈"锻炼锻炼"〉:从解读之争到阐释之变——赵树理短篇名作的思考》。赵勇的文章,对几十年来关于《"锻炼锻炼"》的评论文章进行了系统的梳理和评论。赵勇作为中国赵树理研究会的副会长,这自然是他的职责。赵勇的文章主要聚焦于《"锻炼锻炼"》的第一阶段和第二阶段。那么,我们迫切需要的是进入第三阶段。

许多学者注意到了《文学评论》2014年第1期发表的罗岗的文章:《"文学式的结构"与"伦理性的法律":重读〈"锻炼锻炼"〉兼及"赵树理难题"》。这是一篇有分量、有高度、有广度又有深度的文章。笔者十分感兴趣的是文章中提出的"赵树理难题"与农业社会主义的问题,直接点明了《"锻炼锻炼"》发生的大背景和深层原因:

> 引人注目的是,《"锻炼锻炼"》处理干部之间的关系具有一种"历史性"眼光,具体表现在"老经验"与"新情况"之间的矛盾。历史地看这个"矛盾",当然不应该局限在"争先",而是处于农村集体化的进程中,从互助组到合作社,从高级社到人民公社……每一个阶段既是阶级话语、集体主义等社会主义"新传统"改造农村基层社会的结果,也是传统乡村共同体和农民日常生活实践与之冲突、妥协并有可能转化、重返的结果,两者的共同作用所形成的"经验"有一部分可以适应于下一个阶段,但也可能由于"改造"的最终目标在于消化私有财产制度和基层市场体系,使得之前行之有效的"经验"完全失效。
>
> 完全可以把《"锻炼锻炼"》包含的内在紧张,看作是新中国从20世纪50年代后期开始,发展到60年代愈加明显

的社会结构性矛盾的一种预兆和缩影,而赵树理所面对的"困境"和"难题",自然就与这一结构性矛盾紧紧纠缠在一起了。

董大中也在深入赵树理的研究中不断修正和丰富自己的观点:

> 在1956年以后的十多部(篇)作品中,《"锻炼锻炼"》是最值得注意的,它有极其丰富的思想底蕴和感情积蓄。这篇小说是一锅粥,它煮了太多的东西。也由于是一锅粥,你已经分辨不出哪是红豆哪是豇豆。也许这正是作者的一种叙述策略,它用一个顺应当时政治的故事包裹了他那一时期对农村生活的几乎全部感受。

把董大中、陈思和、罗岗、赵勇关于《"锻炼锻炼"》的认识和评价联系在一起,则意味着对该小说评价已进入第三阶段。

笔者一开始是完全同意董大中的认识的,今天则并不完全赞同。简单地说,有两个词需讨论:一是"顺应",二是"策略"。赵树理并不是"顺应",他是清醒的现实主义者,客观或积极地反映了1957年农村的整风。对农村整风赵树理是肯定的,对农村存在的问题并没有完全回避。对"大跃进",他开始也是欢欣鼓舞的,《"锻炼锻炼"》是他应《火花》编辑部的特约而写的,韩文洲还专门赶到长治追稿,是急就章。当时赵树理正写《灵泉洞》,《灵泉洞》初稿写成于《"锻炼锻炼"》之前,成稿却于《"锻炼锻炼"》之后,所以在《灵泉洞》上部结尾之时,赵树理写了这样一句话:"本来我应该接着写下去,只是再写下去就要误了我今年应该参加的劳动锻炼,所以只好等我锻炼一个时期之后再继续写吧!"

2017年12月18日《光明日报》刊登了一篇赵勇纪念恩师童庆炳的文章《学者的初心》,其中提道:

> 中国当代文学的许多作品,要不倾向于历史理性,要不倚重于人文关怀,实际上是把许多问题简化了。优秀的作家作品应该像苏联作家杜斯普京的《告别马焦拉》那样,徘徊于历史理性与人文关怀之间,只有这样,作品才有看头,文学才有奔头。
>
> 真正的文学家决不在这两者中间选择,他的取向应是"人文—历史"的双重张力。他既要顺应历史潮流,促进历史进步,同时他们又是专门在人的情感耕耘的人,他们更是要有人的良知、道义和尊严,并在他们的作品中艺术地体现出来。

笔者的思路豁然开朗,赵树理的《"锻炼锻炼"》及许多小说,不正是反映了"人文—历史"的双重张力,在矛盾中产生的吗? 不正是艺术地而不是策略地反映出来了吗?

从《"锻炼锻炼"》至今,中国农村发生了翻天覆地的变化。从人民公社到家庭联产承包责任制,从大包干到双层经营再到三权分置,我们需要深刻地进行反思和总结。

这当然是从理论的深度来讲的,具体到文本、细节呢? 笔者想起2015年第2期《小说评论》登载的蔡翔一次演讲:《文学写作的专业性与非职业化想象》。对第二个问题"怎样回到文学的专业性",蔡翔明确提出:"所有的思想问题最后都要转化为文学问题,我们最后是要写小说、写诗歌、写散文，而不是写论文，这就需要专业性，包括技术性的处理。"

问题、难题的思考在文学里面转化为一种辩论，或者叫文学内在的辩论性。好的文学总有一种内在的辩论性，没有辩论，就没有深度，没有回味的可能，这是文学和其他人文社科领域写作的很大的差别。

辩论的过程也就是叙事的过程，而且会不断地生产出新的想法、新的故事。这种内在的辩论性才是文学的真正活力，同时保证了作品的品质。所谓问题和难题的介入，正是要重新激活这种辩论性。比如赵树理有篇小说叫《"锻炼锻炼"》，里面有个人物叫吃不饱。吃不饱（李宝珠）才三十来岁，论人才在"争先社"是数一数二的。她这位丈夫也不能算是满意的人。只能说是比上不足比下有余——因为不是个干部——所以只把他作为个"过渡时期的丈夫"，等什么时候找下了最理想的人再和他离婚。

这段叙述看似很简单，可是如果我们回到文学史的脉络，我们知道赵树理写过《小二黑结婚》，1950年为了配合新婚姻法还写过《登记》，都在强调恋爱自由、婚姻自由。那么赵树理现在写这个人物不是有点自相矛盾吗？吃不饱的离婚在法律上没有问题，我们知道在新中国的婚姻法中，感情不和可以成为离婚的理由，这是非常现代的，但是赵树理发现，感情不和，同时还可能是个说不清楚的问题，如果背后有太多的个人目的，怎么办？婚姻自由有了法律保证以后，赵树理突然发现这个法律在日常生活中可能会产生另外的问题,有些人就钻了这个空子,没有爱情了,神圣的爱情,情感的东西也没有了,即使赢了官司,良心怎么办,价值观念怎么办,如果没有对这些问题的思考,没有赵树理自我的内在辩论,这一段话是写作不出来的。

当然,在笔者的心目中,关于《"锻炼锻炼"》的许多问题并没有完全明白。比如,从合作化到人民公社,从肯定土地私人产权、股份制到消灭个人私有制,"一大二公"体制,真的实现了按劳分配吗?许多人已意识到,赵树理不仅是农业生产的专家、农业管理的专家,而且也是农村社会学家。这是个大课题。

几十年前,唐弢已经明确地肯定了赵树理运用中国传统小说的焦点描写法,成功地塑造了杨小四、王聚海、王镇海一系列农村干部的形象,充分肯定了《"锻炼锻炼"》的文学价值。

非常感谢赵树理先生,给我们留下了这样一个文本:丰富而复杂的中国农村社会主义实践的镜像,给后人提供了一个取之不尽、用之不竭的生活和文学源泉。

（本文原载《中国赵树理研究》2019年第2期）

第三部分

# 中国现代文学研究的成功范例

## ——读刘旭《赵树理文学的叙事模式研究》有感

2014年元旦刚过，笔者收到华东师范大学刘旭老师寄来的书稿《赵树理文学的叙事模式研究》，这是刘旭承担的国家社科项目。笔者迫不及待地打开书稿读了起来，越读越高兴，越看越兴奋。刘旭在底层文学研究和赵树理文学研究两个方面同时实现了突破。正如刘旭所言："现在这本书是我从事底层文学研究的第三本专著，也是我迄今较为满意的一本书。这本书无论是从思想上还是从方法上，都突破了我以往的社会思想式的批评方法，以叙事学为支持的文本分析走出了我研究底层文学和赵树理时遭遇的瓶颈，也着实让自己在写作的时候减少了不少力不从心的焦虑。""我认为，后经典叙事学的形式分析与思想分析相结合，一旦应用于文学研究领域则会产生令人惊讶的效果，有时会推翻研究者之前先验的看法，还有助于研究者发现一些极其有力的论证角度。正是这种方法的应用，我发现了赵树理在文学及思想上的超越之处……"

这些话，令人兴奋，笔者之所以对刘旭的研究课题有着极大的兴趣，作为赵树理研究的热心人和新人，迫切地想要了解赵树理研究的新成果，需要向新世纪仍然坚持赵树理研究的专家学者，特别是赵树理研究队伍的新生代学习新知识、新方法、新思路，更为重要的是想解开心中的疑虑。因为赵树理文学自横空出世以来，便一直处在争论之中，特别是肯定之后的否定，否定之后的再肯定，其差距之大是很难想象的。随着历史的发展,社会的进步,时空的转换,赵树理文学是什么、为什么的问题还没有完全解决,已成为中国当代文学史的一个纠结。"长江后浪推前浪,江山代有才人出。"中国当代文学人才群星灿烂,成为历史人物的赵树理离我们越来越远,这一问题还能最终解决吗?历史老人是公平的。历史的螺旋式发展为解决这一问题提供了机遇。特殊的国情,中国实现现代化道路的异常艰巨和不平衡,中国的农民、农村问题还没有从根本上完全解决,至今仍生活在农村的亿万农民和虽然转移到了城市的农民工,在追求物质生活改善的同时渴望精神生活的丰富,期盼新时代产生他们喜欢看、听得懂的赵树理式文学,于是就有了刘旭和像刘旭一样的人。他们幼年生活在欠发达地区,甚至非常贫困的农村;上学时适逢改革开放,教育发展,有幸进入大学,但儿时的记忆始终难以忘怀;对文学的爱好,对农民、农村的关怀,知识分子报国忧民的使命让他们最终选择了以创作、研究、繁荣底层文学为己任。深入探讨之后,自然是绕不开赵树理。2006年有了《底层叙述:现代性话语的裂隙》这本书;2013年,又有了《底层叙述:从代言到自我表述》第二本书。矢志不移,再接再厉,终于有了这本更为成功的书。除了知识和经验的积累外,研究方法的成功选择和融会贯通,似乎起了更为重要的作用。

该书立论新颖、逻辑清晰、视野广阔、资料翔实、论据充分严谨,以全视角的方式还原了一个活生生的可信的,既传统又现代,因回归传统而超越了现代的,因而永恒的赵树理。

该书的最大亮点就是以叙事学为支持的文本分析。这是赵树理研究的新思路、新突破,也是中国现代文学研究的成功范例。笔者甚至想,是否可以上升到《以叙事学支持的文本分析:中国现代文学研究范式》的高度来评价。这当然意味着大量范例的积累、总结,理论的提升和跨越。这种范式的确立、质的提升、理论的概括,单靠刘旭和刘旭一样的人去完成是有困难的,我们不能苛求他们,但已经是或自称是大知识分子、大理论家的人们是不是应该像他们一样勇敢地自觉地去冲刺呢?中国梦离不开文学梦。我们应该像俄罗斯民族一样,大胆学习、引进、借鉴欧洲文学的同时又超越了欧洲文学,产生了托尔斯泰、普希金、屠格涅夫等大文豪。中国气派、中国风格的中国文学,就是需要虚心地去学习,大胆地去借鉴,勇敢地去创作。

评价一位作家作品是否成功、好还是不好,必须以文本分析为基础,要细读文本,这恐怕是常识。为什么说赵树理是横空出世呢?因为在极其残酷艰苦的抗日战争中,作为宣传战士的赵树理,担负着极其繁重的收集新闻、编辑报纸、宣传抗日,揭露和打击敌人,凝聚抗日军民信心的任务。同时,赵树理还在思考着、探讨着如何为抗日军民创作出真正喜闻乐见的作品来。正是在赵树理的不懈努力下,1943年下半年,短短的3个月内,两部经典作品《小二黑结婚》和《李有才板话》相继问世。书还未出版,手稿就已在抗日根据地广为流传,城市来的知识分子冷漠视之,老百姓和八路军战士则欢迎得很,老百姓喜欢看的秧歌剧很快改编上演了。太行区党委宣传部部长李大章如获至宝,立即撰文在《华北文艺》上广为宣传。1946年,远在大城市的郭沫若、茅盾,解放区的宣传战线领导人周扬、冯牧分别写文高度评价赵树理的创作。正如郭沫若所言:"我是完全被陶醉了,被那新颖、健康、朴素的内容和手法。这儿有新的天地、新的人物、新的感性、新的作风、新的文化,谁读了,我相信都会感兴趣的。"1947年,陈荒煤则发出了向"赵树理方向"迈进的号召。

但是就是这样一个常识性的道理和做法,我们在过去相当长的时期,特别是极"左"年代做得不好,文学评价常常偏离文本分析。当共产党从农村进入城市,革命党成为执政党后,对赵树理文学的评价为什么会发生戏剧性的变化,被誉为代表《延安讲话》精神的"方向性"作家却一而再,再而三地被说成背离,甚至是反对《延安讲话》精神的代表呢?在经过历史的反复之后,大家比较一致的看法是,文艺和政治关系的不确定性,甚至反复变化,严重制约和影响了对赵树理文学的认知和评价。1962年"铁笔""圣手"的赞誉和重新肯定,仅仅让赵树理松了一口气,当他准备重新有所作为时,又被推上了风口浪尖。

当20世纪80年代去政治化盛行时,一些人又把赵树理同《延安讲话》捆绑在一起批评,理由是赵树理是在学习了《延安讲话》之后才写出了《小二黑结婚》。事实上,赵树理是在并不知道《延安讲话》的情况下创作出这部经典作品的。《延安讲话》传到太行山区时,赵树理已完成了《李有才板话》的创作,出版时赵树理是否修改过已成谜。这一问题在学界早已清楚,赵树理在不同时期也反复说过。那些一再坚持赵树理是学习了《延安讲话》之后才创作了《小二黑结婚》和《李有才板话》的人,究竟意欲何为?直到进入21世纪,赵树理研究和其他文学研究一样,越来越客观。孟繁华指出,对赵树理评价的反复和矛盾是当代文学"犹豫不决"的表现之一,也是寻找"当代文学不得已而为之的权宜之计或必要的方式""因此,多年来文学观念的不确定性"是评价作家矛盾和犹豫的根本原因。

那么,对赵树理的评价是什么、为什么的问题是不是就解决了呢?没有。因为否定赵树理的人认为自己手中还有一张王牌,那就是赵树理自己一再讲过,自己的作品是要"老百姓喜欢看,政治上起作用"。"老百姓喜欢看"谁也不敢否定,"政治上起作用"就不同了。问题是赵树理心中的政治究竟是什么？如果回到以文本分析为基础的话,这一问题就会迎刃而解。事实上,董大中早已注意到、提出过,但至今在评论界还未引起足够重视的1956年。这是一个极其重要的年份,是新民主主义革命进入社会主义革命的一年。正是1956年之后,在新民主主义革命时期如鱼得水、完全正确的赵树理,"创作迟缓了,拘束了,严密了,慎重了。因此,就多少失去了当年青春泼辣的力量"。

当文学评论真正回归到以文本分析为基础后,赵树理文学的是什么和为什么就能解决吗？还不能。因为传统的文本分析有着很大的模糊性。如赵树理文学研究是土还是洋？究竟是传统还是现代,甚至超现代？说赵树理传统,没有异议。从20世纪至今,在乡土文学和农村题材文学视角内,赵树理无论如何都占有一席之地。说赵树理现代呢？争论就大了。正如20世纪50年代,日本学者竹内好提出赵树理文学中既包含了现代文学,同时又超越了现代性。多年来,在中国呼应竹内好的人似乎并不多。

出路在哪里？显然,以叙事学为支持的文本分析为解决这一问题提供了方法、思路和出路。刘旭正是沿着这样的方向,坚持着这样的方法,走出了研究的瓶颈,通向了一条有创新意义的路。

把鲁迅、赵树理、莫言联系起来的宏大比较,是本书的又一大亮点,甚至可以说,这是构建中国现当代文学史的一条主轴线。当然,这样的大课题,并不是一本书能够完成的,而是一个宏大的系统工程,但刘旭开了这个头。

鲁迅在中国现代文学史上的开创性地位是确定无疑的,在国际上的地位也是确定无疑的。鲁迅的文学思想研究无论在国内还是在国外，都是重大课题。赵树理对鲁迅先生的敬仰、崇拜，并决心以鲁迅为榜样走大众化的文学道路也是确定无疑的。只是当赵树理带着鲁迅的作品回到家乡读给农民包括自己的父亲听时，农民们不以为然的态度，使得赵树理对五四后颇为现代的自己也在追求的欧化写作方法产生了怀疑。为老百姓写的东西为什么老百姓根本听不懂呢？甘为农民立言的赵树理决心走自己的路，用农民的语言为农民写作。在左翼文学的影响下，1934年赵树理实现了成功转型。赵树理对鲁迅创立的方向怀疑了没有？没有，相反是坚定的。1941年在纪念鲁迅先生逝世5周年时，赵树理在《抗战生活》上撰文纪念鲁迅先生："根据地已是新民主主义社会了，可是我们在文艺作品中反映得还有限。假如鲁迅先生健在，他看到这样的新社会，说不定已有一部比《阿Q》更伟大的作品出世了。然而他老人家已经离开我们五年了，为了使我们能够有新的杰作出现，大家自然该喊一句'在创造上学习鲁迅先生'的口号。"赵树理也多次说过自己是颇懂鲁迅先生笔法的。

其实把赵树理和鲁迅联系起来研究，在20世纪80年代赵树理文学研究中已得到一定的重视。赵树理对鲁迅的传承，最重要的就是坚持文艺的大众化方向。在乡土小说中，赵树理与鲁迅写作的不同也是非常明确的。林默涵的《从阿Q到福贵》、董大中的《赵树理与鲁迅》很有代表性。董大中认为，赵树理在文学上所取得的成就，同鲁迅对他多方面的影响有直接关系，更为重要的是，在文学与政治的关系上，鲁迅是一位能动的反映论者。其实，从启蒙到救亡，从鲁迅到赵树理，如何使国民觉醒，能够成为时代的自觉主体，是他们两人更为本质的现代性情结。

2012年莫言荣获诺贝尔文学奖，这不仅是莫言的荣誉，而且也是中华民族的荣誉。以拥有四大古典名著而自豪的中国人,常常为不能获得诺贝尔文学奖而自责。从鲁迅开始,继而老舍、沈从文,几次的可能性和猜想都没有美梦成真。莫言实现了,莫言突破了,国人振奋。刘旭在兴奋之余,把鲁迅、赵树理、莫言联系起来,以宏大的历史眼光来审视中国现代文学史并不偶然。正如刘旭书中所言,1999年他在博士入学考试中,导师王晓明提出了一个问题:"你认为当代中国最好的作家是谁?"他当即回答是莫言。现在的刘旭则可以自豪地说:"我的判断没有错。这个2012年获得诺贝尔文学奖的真正中国作家,已经赢得了世界的认可。从莫言的整体创作上看,立足于中国乡村是莫言叙事不变的立场,他的写作从不向权力屈服,形成一个更博大的中国乡村叙事世界。"赵树理和莫言的关系,书中已有若干比较。笔者想用一两句话来说明他们之间的同与不同:源同而时代不同。源同,不仅仅泛指中国的文化传统,也特指两人的文学源泉。莫言的恩师徐怀中为扩建的莫言文学馆写了几句话:"我们不难得知莫言小说世界的源流。家乡风土人性、工匠农巷、神话传说、地方戏剧等等。凡此古来农耕文明的遗风,便是他的能源库存。多年劳动生活积累,以及蕴藏丰富的儿时记忆,任他信手拈来,取之不尽。以高密东北乡那片红高粱地为坐标,莫言测定了他未来的文学走向,他就此明确了他的'草根'写作立场。矢志不移,坚守至今。"去掉"高密东北乡"几个字,用来描述赵树理也是非常贴切的。

时代不同,莫言与赵树理所处的时代显然不同了,但是历史是螺旋式发展的。莫言童年生活的时代仍然是"饿"字当头,中国相当多的农村依然破败,农民依然穷困,而且在精神领域同样没有发生革命性的变化,但同时莫言是幸运的,他已不是鲁迅式的彻底的战斗和批判,也不是赵树理式的苦苦摸索。一路走来,莫言遇到了知音和伯乐,更遇到了大开放时代。

有意思的是,否定莫言和否定赵树理的人一样,都说他们不是一流作家。这很奇怪,诺贝尔文学奖能授给一个不是一流作家的中国人吗? 代表中国解放区文学成就最高、影响最大的"方向性"作家赵树理怎么不是一流作家呢? 如果不是历史虚无主义又是什么? 如果用理想读者之多少来判定作品的好坏,这些人又会说什么呢? 当结论明显偏离事实,且多次反复时,是不是评价的标准出了问题?《新华文摘》2014年第2期发表了北京大学贺桂梅的文章——《超越"现代性"视野:赵树理文学评价史反思》,从宏大叙事的角度提出了自己的许多看法,与刘旭的研究可以说有异曲同工之妙。贺桂梅明确提出:"就赵树理文学的评价而言,两种不同的评价尺度都能在赵树理文学中找到他们需要的东西,又同时感到不足,那么就存在一种'似是而非'的可能性,即赵树理文学可能根本就处在'浪漫主义''现实主义'得以出现并寄生其中的现代文学体制的'外面'。"

书中刘旭大量运用比较研究的方法,从叙事学的角度比较了赵树理、丁玲、周立波、柳青、浩然关于农村题材的作品,在与莫言比较前,比较了曹乃谦,比较了张艺谋,题材宏大,视野广阔。但就这一问题而言,在一本书中想完全说明白是困难的。几条既平行又交织在一起的评论主线,如果不是大家,驾驭起来肯定是力不从心的。笔者也曾和刘旭探讨过,就文学评论而言,本书说得已经非常清楚了,但对评论界以外的文学爱好者而言,是不是完全看得懂、看得明白呢? 这并不是苛求,而是让更多的人喜欢阅读这本书并去宣传它,以达到预期受众或扩大理想读者之目的。为此,就需要作者反复地修改、提炼,需要逻辑更加分明,语言更加吸引人,论据更加条理充分。这既是努力的方向,也意味着更大的收获和希望。

中国文学的繁荣不仅需要鲁迅、赵树理、莫言,而且还需要以中国特色、中国气派、中国风格的文学理论为支撑的伟大评论家。

（本文收录于2015年由北岳文艺出版社出版的刘旭著《赵树理文学的叙事模式研究》）

# 寻根溯源话树理

任何一位作家的成功，都离不开家乡的影响，特别是文化的熏陶。因此作家与家乡的关系，也必然成为文学评论和研究的永恒课题。研究赵树理，更是如此，更有其代表性和特殊性。过去由于历史条件的限制，思想观念"左"的固化，这方面的研究不多，有的研究又过于简单。进入21世纪，特别是2006年纪念赵树理100周年诞辰之后，赵树理研究再成显学，有人物评传、生平事迹、著作论述、各类考证等。同时，赵树理还走进央视屏幕，走上戏曲舞台，歌剧《小二黑结婚》频频亮相国家舞台。但令人惋惜的是，专题描写或研究赵树理与家乡的文章依然缺少。

现在，这样的研究终于有了。田澍中的《赵树理在沁水》为我们塑造了一个真实的、鲜活的、有血有肉的赵树理。董大中读后高度肯定这部作品，并将其定位为"赵树理的寻根之作"。

赵树理的根在沁水。这不仅仅因为他是沁水人，不仅仅因为他是喝着沁河水、吃着沁水小米长大的，更为重要的是，他从小在爷爷的严格教育下，受到了中国传统文化，特别是儒家文化的浸润；在乡亲们敲打八音会、演唱上党梆子的一次次欢乐中，极富艺术天赋的赵树理从小就受到了民间文化的浇灌；作为地地道道的小农民，赵树理不仅熟练地掌握了各种农活技术，成为精通农业生产的全把式，深刻地体验了旧社会中国农民的酸甜苦辣。家乡是他成长，特别是精神成长的摇篮。正因为如此，他走出家乡，接受了现代教育，在五四文化和左翼文学的影响下,立志为农民写作,并最终成为一棵参天大树。这棵大树生长在传统文化、民间文化、地域文化相融的肥沃土地上,又接受了现代文化浇灌,特别是经历了中华民族抵御日本侵略,太行及太岳抗日军民生与死、血与火的斗争和洗礼,长得根深叶茂,终于成为最负盛名的代表解放区"方向性"的人民作家。

赵树理文学的根在沁水。这部书不仅说明了家乡对赵树理成长的重要影响,而且深刻地剖析了赵树理的创作思想、民本意识、作品的基本素材及美学特征,都是在沁水这块土地上萌芽、成长、壮大的。

首先,是儒家文化的全面熏陶和深刻影响。赵树理深受传统文化影响,对此大家的认识是一致的。问题是这传统文化究竟指什么,认识就不一样了。有的人认为主要是古典章回小说、评书、戏曲,有的人认为主要是民间文化或地域文化。从某种意义上来讲,这些认识都是对的,但又都不全面,普遍忽视或弱化了儒家文化对赵树理的深刻影响。读完这部书你就会清楚,爷爷赵中正给孙子起名赵树礼,到他6岁时,爷爷亲自执教,"天天如此,月月如此,年年如此",极为严厉的爷爷,一手拿大棒,一手拿芝麻糖,终于把一个天真烂漫、活蹦乱跳的儿童,改造成了一个少年老成、孤独恬静的小夫子。用现在时髦的话讲,赵树理的爷爷是一位名副其实的虎爷。现代教育学也认为,童年所受的教育是最深刻的,是终生难忘、终身受益的教育。随着在私塾和高小受到的儒学教育,可以设想,修身齐家治国平天下、立德立言立功等儒家核心文化价值观一定对赵树理产生了深刻的影响。赵树理一生都在"为生民立言",不正是最生动的体现吗?许多人都认为赵树理身上有一股子中国古代知识分子的士气,这正是根子所在。可惜,许多人被赵树理表面的土气蒙蔽了。

其次,是少年农民的生命体验。与其他作家受家乡、家庭影响不同的是,赵树理是全过程、全方位体验了20世纪上半叶中国农民深受三座大山压迫的苦与痛。爷爷一手给赵树理灌输传统文化,一手教赵树理编簸箕,与其说体现了传统的耕读文化,不如说爷爷在为孙子传授养家糊口的本领;山洪暴雨冲走了农民赖以生存的土地,乡亲们撕心裂肺的痛哭使得初懂事理、初明人生的赵树理也大哭起来;为了安葬爷爷奶奶而借贷引起的家道中落,地主豪绅逼债几乎使妹妹被卖,借贷上学等一系列亲身经历的事,赵树理刻骨铭心。这是生命的体验,为日后赵树理坚决为农民鼓与呼打下了坚实的基础。这一切发生在土皇帝阎锡山统治下的山西,这是中国极富代表性的封建统治有序的地方,甚至被称为中华民族推翻帝制实行共和后模范自治的地方。阎锡山的秘书长贾景德和赵树理是同乡,都生长于沁河旁。《李家庄的变迁》中的人和事就发生在家乡附近的几个村子。德国文学家歌德说过,凡是跟人有关的作品,他从不向壁虚构,都要融进自己的生命体验;凡是他没有经历过的东西,他从来不用诗来表达。赵树理同歌德一样,不过赵树理写的是文而不是诗。

再次,新中国成立后17年赵树理对农民生产、生活、生命的全过程体验。农民问题是古往今来中国的核心问题,更是中国革命和建设的核心问题,任何一位有智慧、有远见的领导者都必然重视而不会漠视。然而,中国农民在不同的历史阶段想什么、盼什么,从革命党转为执政党、从革命转为建设后,身居高位的革命家和象牙塔里的农民专家,并不完全清楚。特别是1956年以后,党在农村的经济政策并不完全符合实际。1949年后,赵树理同许多作家一样进了北京,但不一样的是,不少作家心目中的家乡逐渐变成了故乡,乡情变成了乡思或乡愁,而赵树理的家乡永远是家乡,他要千方百计地回家,感受家乡的变化,呼吸家乡的新鲜空气,从农民朋友身上捕捉时代的信息,共同分享翻身当家做主人的幸福和喜悦。沁水、阳城、晋城、高平、陵川到处是他留下的足迹。他不仅是一位与农民有着血肉联系的普通作家,而且还是一位对农业、农村、农民有着深刻洞察力的农村社会学家,一位能够通天、敢于为农民的利益鼓与呼的人民作家。所以1956年以后,赵树理既为农村的发展和变化高兴,同时也清醒地看到了一些问题。1958年"大跃进"高潮中,赵树理主动请求挂职阳城县委书记处书记,准备一边参加"大跃进",一边创作构思《续李有才板话》。谁知事与愿违,"大跃进""放卫星"的荒唐现象让实事求是的赵树理很快清醒过来,与愈演愈烈的说假话、说大话、说空话的现象展开了坚决的斗争。1959年,他写下了《公社应该如何领导农业生产之我见》,并致信陈伯达。当该文被称为赵树理积极配合彭德怀的又一个"万言书"而遭到反复批判时,赵树理则从实际出发,据理力争,坚持自己的意见。这是何等的勇敢。

这部书之所以成功,很重要的一点就是还原了一个真实可信的活生生的赵树理,能做到这一点,真的很不容易,但田澍中做到了,除了他的作家身份和写作功底之外,还有十分重要的两点:一是和赵树理同根同源同地同脉的文化传承,二是他对赵树理充满了敬仰、敬佩和感恩之情,是带着感情写的。田澍中是赵树理先生的小同乡、后生晚辈,受赵树理的影响很深。从11岁起就萌生了文学梦,做赵树理那样的作家,始终是激励田澍中不断前进的动力;以农民、农业、农村为题材始终是田澍中作品的唯一选择。功夫不负有心人,在学习赵树理的历练中,田澍中终于成为国家队中的知名作家。他一直想写一部大的作品回报赵树理,今天他的愿望终于实现了。一年多前,当笔者将创作《赵树理在沁水》的任务交给他时,他愉快地接受了,并说他不想写成一个资料汇编,尝试用纪实文学还原一个真实的有血有肉的赵树理。之后,田澍中即开始了艰难的创作。虽然他熟悉、了解赵树理,但是他并不满足于现有的资料,而是带病多次到沁水、阳城采访。登高山,俯视沁河;入寺庙,寻找赵树理足迹;访长者,挖掘一个又一个关于赵树理的故事。正因为如此,该书信息量很大,可以说是一部赵树理研究的力作,也是赵树理研究的必备参考书。

肯定该书的成功,并不意味着作品的完美无缺。语言的再精练,事件重现的再准确,赵树理内心的再挖掘,还有很大的提升空间,特别是对有些独特的赵树理文化源头的挖掘,如民间宗教对赵树理的影响,仍不清晰。当然在一部书中,要说清所有问题是很难的,希望他能够继续挖掘出新的成果来。

(本文收录于2014年由山西人民出版社出版的田澍中著《文魂:赵树理在沁水》)

# 文学的生命与历史的记录

研究赵树理文学,一般从文本分析着手,或者以不同历史时期作品的命运(生与死、热与冷)着手。当然,国外研究者则以译本为基础着手,尽管受语言、文化、社会差异的影响,译作同原著相比并不一致,有时甚至面目全非。从赵树理作品的改编着手研究的似乎不多,把改编和传播联系起来研究的更为少见。现在,这样的研究有了,这就是段文昌的《赵树理作品的改编与传播》。

《赵树理作品的改编与传播》是晋城市赵树理研究会确立的研究课题,而课题的提出者和承担者就是段文昌:晋城市职业技术学院副教授,生于晋城、长于晋城的本土学者。说心里话,对赵树理的研究,地方学者有热情、有责任,但由于视野的不开阔、收集和查找资料的困难和理论素养的不足,总是受限于学术研究的深度和高度,但该书不仅为赵树理研究拓宽了路子,是近年来赵树理研究的新成果之一,而且为专家学者研究赵树理,为广大读者特别是年轻读者了解赵树理提供了一部重要的参考书。

之所以说是赵树理研究的新成果,印象最深的有三点:

## 一、历史的真实记录:赵树理的作品是什么

也许有人会说,这样的问题太简单了,赵树理早已被定位为人民作家、"方向性"作家、一生为农民写作的"铁笔""圣手",《小二黑结

婚》《李有才板话》《李家庄的变迁》《三里湾》早已成为家喻户晓的经典名著。历史确实如此，但随着历史的发展、变化乃至遗忘，在不同的历史时期、不同的社会语境中，赵树理成了任人打扮的小姑娘。"文化大革命"中，赵树理更是难逃厄运。奇怪的是，赵树理被党中央正式平反，在全国很快兴起研究赵树理的热潮后不久，一些人企图全盘否定《延安讲话》，又把赵树理和《延安讲话》捆绑在一起否定。赵树理的形象模糊了，不清楚了，特别是年轻的一代，总认为赵树理过时了。赵树理文学究竟是什么的问题成了历史困惑。

《小二黑结婚》是赵树理的成名作，也是其经典作品，赵树理作品被改编的代表。小说还未正式出版之前，1943年7月，根据手抄本，《小二黑结婚》就被改编成秧歌而被搬上舞台。接着，太行、太岳解放区的"许多剧团纷纷改编演出，有上党梆子、武安落子、中路梆子、沁源秧歌、武安秧歌、小花戏、蒲剧……"犹如文化战线上的"百团大战"，"百团"齐唱《小二黑结婚》。

截至"文化大革命"前，据不完全统计，全国共有2000多个乡、县、地、省及国家级剧团，以30多种形式把《小二黑结婚》搬上舞台。特别是歌剧《小二黑结婚》从1952年成功演出以来，已成为继《白毛女》之后的中国又一经典歌剧。直至21世纪前10年，从农村到城市，从地方小剧场到国家大剧院，从群众性娱乐演出到文化部组织的中国首届歌剧节，歌剧《小二黑结婚》长演不衰。2011年11月，晋城市职业技术学院师生排演的教学节目——民族歌剧《小二黑结婚》，代表山西省参加文化部在福州举办的首届中国歌剧节，一举夺得集体演出奖、编剧特别荣誉奖、作曲特别荣誉奖、优秀导演奖、小芹优秀表演奖、小二黑表演奖、三仙姑表演奖7个大奖。4月5日在国家大剧院，6日—8日在天桥剧场，连演4场。

柳青和孙犁在谈到自己作品的生命力时常说50年后看。今天，距小说《小二黑结婚》发表已70多年了，答案只有一个：《小二黑结婚》的无限生命力。赵树理其他作品的不断被改编，同样说明了这样一个道理。阅读着本书的一页页，仿佛走进了历史的画廊：赵树理笔下的一个个故事，一个个鲜活、生动有趣的人物正向我们走来。

## 二、一个家族的孩子：同中有异，相得益彰

原著和改编作品是什么关系？说简单也简单，说复杂也复杂。说简单，一个是原著，一个是改编，形式不同而已。改编时要尊重原著，要搞好二度创作，似乎大家都知道。特别是中国四大古典名著改编成电影、电视剧，金庸武侠小说被反复改编为影视作品，似乎国人在原著和作品的改编上，人人都能说出个一二三，但真要说出个一二三来，似乎也并不简单。

为了研究的方便，作者首先从一般意义上论述了改编的含义、性质、方法，用中外大量改编成功的作品，说明改编作品与原著的关系。这对于全书的阅读，起到了提纲挈领的作用，并从一般到个别，引出了赵树理的改编观，作者深入地分析了每一个被改编成不同形式的赵树理作品。作者坚持运用文本分析和比较研究两种基本方法，从创作主题、剧情结构、人物设置、时代语境、改编目的，比较清晰地表达了作者心中原著和改编作品的关系。

书中最有趣也是最有代表性的，要数贺友直多次创作连环画《小二黑结婚》一节。4次较有影响的创作分别是1959年版、1980年版、1996年版、2010年版，时间间隔51年。历史发展之快，时代语境变化之大，贺友直为什么坚持不懈地创作《小二黑结婚》呢？坚持，意味着

《小二黑结婚》的生命力,意味着贺友直对《小二黑结婚》的认识和喜欢始终没有变。反复创作,则意味着贺友直心目中的《小二黑结婚》也在随着时代的变化而改变,"女大十八变,越变越好看"。特别是1996年版,距第1版已30多载,社会环境巨变。"贺老尽显幽默天赋,以中国写意画的表现形式,采轻透墨色,达至喜剧感。这套连环画用笔不求功细,重在传神写意,充实了很多原来文字中没有的细节。"即使对三仙姑的评价也发生了变化,"半百婆姨赛新人,仙姑事儿有名声,男女老少争相看,神仙也怕难为情"。已不是全然的否定,三仙姑已成为十分有趣的形象,引人深思。2010年版,则更为有趣,是89岁的老人为给爱孙新婚贺礼而创作的,这真是文学作品改编的佳话。

贺友直为什么对《小二黑结婚》情有独钟,请听听他是怎么说的:"我敬重赵树理,我欣赏他写的小说。我喜欢他笔下刻画的人物……二诸葛、三仙姑这样的人,不只是山西农村有,在别的地方,我猜想也会有……塑造这种有趣的现象,描绘这种人物做出的'有趣'的事,不是取笑,不是挖苦,不是糟蹋,而是作为一面生活的镜子,可以让人见了能在会心的一笑中,发现自己也存在这类'有趣'的行为。作家、画家的创作目的,就在于此。""我喜欢幽默,我的性格里有幽默的成分,或者说,与赵树理式的幽默有相通之处。我认为,创作激情,其基础当然是体验和认识,但诱因则是兴趣,没有兴趣,就难以产生灵感;没有灵感,又怎来艺术。所以基础和兴趣,是二者不可缺一的。"真是一语中的,不仅道出了贺友直创作灵感和激情的真谛,而且也生动地阐明了赵树理创作灵感和激情的真谛。

历史的教训是,对赵树理肯定之后的否定、否定之后的再肯定这一"赵树理现象",我们过去往往过多地从政治语境去解读赵树理,而忽略了艺术的解读。

小说《小二黑结婚》与贺友直的连环画珠联璧合,贺友直对原著的理解及反复创作的表达,应该成为研究原著与改编作品关系的经典,深究下去,还会挖出许多的成果。

赵树理作品被改编为各种戏剧,并留下了许多故事,最重要的原因就是赵树理作品中含有丰富的戏剧元素。这也是有些剧种仍在不断被改编上演的原因。这在赵树理研究中已成为共识,书中也有大量叙述,但令人遗憾的是,至今没有一本研究赵树理与戏剧的专著。从这一点上来讲,这也是本书的一个贡献。

原著与改编作品的关系,不就是一个大家族的孩子吗？同一种形式的改编、同一剧种对不同作品的改编、同一作者对不同作品的改编,不就是一个家庭吗？只不过,原著是长子,其他都是小弟弟,有的小弟弟可能更活泼而令人喜欢。特别是现代传媒的发达,对原著传播速度之快、传播效果之大,更是我们过去想都想不到的。用一句话来概括,8个字:"同中有异,相得益彰。"

## 三、赵树理的传播理念对当代文学创作的启示和影响

赵树理的创作理念是非常清晰的,走大众化道路,为农民写,让"老百姓喜欢看"。同样,按照现代创作理念,为理想读者写。在赵树理所处的时代,赵树理的理想读者应该是最多的。不仅如此,怎样让农民喜欢看,也是赵树理常常思考的大问题。过去大家关注赵树理创作的是语言,让识字的人看得懂,让不识字的人听得懂,所以赵树理在语言上下了功夫,既通俗又不囫囵吞枣地套用地方方言,所以被称为"当代语言艺术大师"。形式简短,没有多余的话,正如日本学者竹内好所言,加一字显得多余,去一字显得不足。受西方文学和五四

文学影响,也会用西方文学写作方法写作的赵树理,为了老百姓,毅然放弃了或简略了风景的描写和心理活动的挖掘,创造了独特的风景(地理)和心理描写。这也是有的人不承认赵树理作品是优秀文学的原因之一。赵树理全然不理会这一点,而是在节约出版成本、降低书价,在怎么让老百姓买得起上下功夫。现代传媒令人眼花缭乱的发展,使传播学成为一门显学。可喜的是,作者并没有停留在原著和改编关系的探究上,同样把视野延伸到文学作品的传播上,把赵树理作品的改编和传播放在一起研究,同样为赵树理研究增添了鲜活的内容。

第一,赵树理是有意识地关注作品传播,并努力实践和探索作品如何传播的经典作家,因此也可以说是中国传播学的先驱者之一。正如北京师范大学教授赵勇指出的那样:"文艺的传播和接受问题,应该说早在20世纪二三十年代有关大众化、民族化的争论中已被提上议事日程。""赵树理便是在这样一种文化背景下逐渐孕育、形成他的传播思想的。""不过,在进入赵树理传播思想的分析之前,有必要回答这样一个问题:在同时代的作家中,为什么唯有赵树理对文艺的传播思想最为敏感?为什么只有他才自觉自愿地把理论体现到了自己的写作实践中而极力想疏通他所设想的那条传播路线呢?"赵勇详细分析了原因,用几个关键词来说明:"抗日战争""宣传""新闻""文艺"。用一句话来形容则是时代的需要:"为抗日救亡鼓与呼。"

第二,回到问题的原点:为谁写作。让我们用2006年诺贝尔文学奖得主、土耳其作家帕慕克2008年5月24日在北京大学演讲时的一段话来说明:"你为谁写作?自从成为作家之后,在过去的30多年里,这是读者和记者向我提得最多的问题。""作家为谁写作呢?我们不妨说他们在为理想读者,为他们亲爱的人,为他们自己写作,或者不为任何人而写作。这是真的,但并不是完全的真理。因为当今的作家也在为阅读他们作品的人而写作。""世上没有一个理想读者不会受到社会的禁律和国家神话的影响。同样,世上也没有理想的小说家。但是,不管他是国内还是国际作家,他们都在为理想读者写作。首先,他们会想象有这么一个理想读者,然后在创作时脑子里还时刻想着这个理想读者。"赵树理不正是这样的优秀作家吗? 他心目中不是想象的理想读者,而是现实的对象:亿万为改变自己的命运而奋斗的中国农民。赵树理视他们为最亲爱的人。赵树理不是为自己,不是为小我,而是为大我写作,终生奋斗而不悔,任凭风浪永不改。这正是赵树理的伟大之处。今天习近平总书记要求文学艺术创作必须坚持以人民为中心的方向,这再次证明了赵树理创作方向的正确。

该书也有其明显的不足。比如,《小二黑结婚》改编的成功,影响的深远与同为经典作品的《李有才板话》改编作品少而形成反差,书中已有所涉及,但并没有深度解读和研究。又如,《三里湾》改编为《花好月圆》,当时赵树理在肯定改编成功的同时,还留下了几次极为珍贵的谈话。现在的研究,作者仍然停留在赵树理研究的原有成果,特别是固化于姓社和姓资两条道路之争、两条路线之争的局限。这当然不能完全归咎于作者,这同样是赵树理研究的缺陷。赵树理与农业合作化的关系,目前研究的深度、力度不够,更不够系统,《三里湾》应有的历史地位和作用还没有被完全挖掘出来。

（本文收录于2014年由山西人民出版社出版的段文昌著《赵树理作品的改编与传播》）

# 《赵树理与阳城》课题研究笔记

## 一、赵树理研究的一个县级样本

《赵树理与阳城》是晋城市赵树理研究会近年来研究课题《赵树理与晋城》的课题之一。

如果选择一个地域来深化对经典作家的研究,当然是晋东南地区。可是1985年城市化体制改革,晋东南地区一分为二,分为长治市和晋城市。赵树理的家乡沁水县属晋城市,所以作为赵树理家乡的地方文化学者,自然把研究的重点放在了晋城。如果选择一个县呢? 沁水县是首选,因为赵树理是沁水人。经过作家田澍中的努力,《文魂:赵树理在沁水》已于2014年由山西人民出版社出版。这是一部寻根的书,它生动地回答了"赵树理的根在沁水""赵树理文学的根在沁水"这样的命题。

随着《赵树理在阳城》课题的深入,研究者有了一个意外的收获:选择一个县为范围研究赵树理,非阳城县莫属。因为在中国革命和建设的不同时期,阳城的山山水水都留下了赵树理的足迹;不仅如此,赵树理投身革命、投身文学事业的业绩,在阳城处处可见;更为重要的是,在极"左"思潮影响下,赵树理坚持为农民而写,为农民的利益鼓与呼,被农民称为代言人的生命绝唱和光辉事迹就发生在阳城。当然,此时的沁水县一度被划归阳城县。所以研究赵树理,不研究1958年"大跃进"中和1959年反右倾中的赵树理,不仅是不完整的,也是难以达到高度的：即如何认识和评价赵树理。所以课题组将《赵树理在阳城》修改为《赵树理与阳城》，以便拓展研究的视野和思路。

当然，从阳城、沁水的范围出发来研究赵树理，如果能同赵树理在平顺、左权、武乡等课题衔接起来，相互补充，互为印证，对赵树理的研究会有更多的成果。

## 二、赵树理与阳城

赵树理出生在沁水县嘉峰镇尉迟村（原属潘庄人民公社）。去过尉迟村的人都明白，村子位于沁河边，正处在沁水县和阳城县的交界处，往南就是阳城县的望川村。这里位于沁河中游，受沁河的恩赐，地势平坦，土地肥沃，和往北、往南的许多村庄一样，是沁河流域最为富裕的地方。进入21世纪，文化和旅游成为发展经济的支柱产业，晋城市大力宣传的沁河古堡就集中在这一带。

沁河中游不仅经济发达，而且文化也发达，阳城尤为如此，曾与陕西的韩城、安徽的桐城并称文化名城。沁河流域曾造就了一大批历史文化名人，明万历时的王国光、清康熙时的陈廷敬就是其代表。从小深受儒家文化影响的赵树理，一定深受影响。可惜赵树理生前，传统文化一直处于受批判、被革命的地位，参加革命、忠诚于共产党的赵树理自然不会深谈儒家文化对他的影响。

赵树理的第一个妻子马素英是阳城县牛家岭村人，祖籍河南，其父辈什么时候来到阳城，未见记载。据说她爷爷在河南打官司时曾受到赵树理爷爷的资助，有过交谊，子孙后代联姻，这也是中国传统文化中报恩的一种。当然，在批判旧文化时常被称为包办婚姻的一种。赵树理与马素英婚姻的来龙去脉，自然不是赵树理研究的重点。

赵树理真正参加革命是在阳城。1937年七七事变后,赵树理从太原返回长治,找到牺盟会特派员宋乃德参加了牺盟会,宋乃德介绍赵树理赴阳城任特派员。这一年多的革命实践,赵树理的主要任务就是宣传动员民众参加抗日,其中非常重要的职责之一就是通过戏剧发动民众。值得重视的是,1938年5月,与肖里筹办《新中国报》,赵树理编,肖里刻。正是伟大的全民族抗日战争,使赵树理重新回到了党的怀抱,经要崇德和桂承志介绍,赵树理于1937年底重新加入了中国共产党。

1943年,赵树理的父亲赵和清被日军用刺刀捅死在阳城县的望川村,尸体被投入厕所。国仇家恨,赵树理对日本侵略者恨透了。

1943年12月,《李有才板话》发表。评论界一致认为,这不仅是赵树理的经典之作,而且也是赵树理的巅峰之作。阳城干部群众欢欣鼓舞,为赵树理感到高兴,也为阳城人民而自豪。为什么呢? 因为阳城人认为,《李有才板话》是赵树理根据阳城岩山村抗日战争时发生的人和事写的。正像《灵泉洞》一样,这话有一定道理,但并不准确。大家知道,《李有才板话》是赵树理响应根据地党委号召,深入农村调查研究后,写出的第二个故事,故事发生地的原型之一,是左权县峧沟村,李有才也确有其人,小名李乃顺。但小说不是报告文学,是综合了许多人和事以后创作的。阳城人偏爱赵树理,是可以理解的,但个别赵树理研究者硬说赵树理为创作《李有才板话》而于1943年秋天曾到岩山,这就不对了。

## 三、赵树理与王春

赵树理与王春,在早期赵树理研究中,一直是赵树理研究的课题之一。可惜由于王春早逝，这一课题没有深入下去。

研究赵树理的人都知道，王春是赵树理走上革命的引路人，也是赵树理坚持走文艺大众化道路的坚定支持者和同路人。没有引起大家关注的是，赵树理成为"当代语言艺术大师"，也与王春的支持有关。课题组选载了两篇文章：一篇是王春写的《赵树理是怎样成为作家的》，发表于1949年1月16日的《人民日报》。这篇文章对赵树理的介绍与宣传，对人们了解赵树理起到了很重要的作用。

另一篇是王春逝世后，赵树理写的《忆王春同志》，重点介绍了"王春同志和大众文艺的关系有19年之久"的来龙去脉，当然这19年与赵树理有关。

这篇文章有一个极其重要的信息，那就是王春对于语言大众化的研究。赵树理还举了一个非常详尽的例子：王春在编《大众字典》时，往往面对着一个字坐夜，好像一个老和尚坐在那里参禅悟道，有时候则乱打电话找人问——"老赵，一点两点的'点'字怎么解释？"

赵树理已成为中国的"当代语言艺术大师"。王春呢？应该说在这方面也是做过努力、做出贡献的。可惜由于英年早逝，王春未能取得更多的成果，更为可惜的是，他呕心沥血编纂的《大众字典》也未完成。这方面的研究，至今几乎是空白，如能把赵树理的语言和王春的语言做一比较研究，当会有收获。

# 四、关于福贵

1946年春末，受太岳新华日报社社长魏克明的邀请，赵树理又一次回到了阳城。因受伤在阳城多住了些日子，赵树理在养伤之机，创作出了两篇短篇小说《福贵》和《催粮差》。

关于《福贵》，引用林默涵先生1948年在香港发表的一篇文章《从阿Q到福贵》来说明。林默涵先生说："读了赵树理的《福贵》，很自然地联想起《阿Q》。把这两篇小说连起来读，恰好可以看到30多年来中国农村的变化和中国农民由蒙昧到觉悟的历程。"

林默涵先生又说："假如说，阿Q是福贵的前身，我想是很恰当的。然而，时代是不停滞的，我们从阿Q和福贵身上，正可以看到30多年来中国社会发生了怎样巨大的变化。几千年来笼罩中国的封建铁幕是够顽强了，从阿Q到福贵，经过了多少流血与不流血的斗争，这封建统治的铁幕才终于被打得支离破碎，它现在正在作着垂死的挣扎。30多年，这时间真不短呵。中国革命的长期性，不但因为革命的正面敌人是那样顽强而且特别残酷和狡猾，也由于广大人民长期在封建意识的麻痹下，由蒙昧到觉悟，不能不经过一个悠长的过程，这就是阿Q到福贵的过程。"

福贵的形象来源于赵树理生活中的许多原型，但最重要的原型，是赵树理故乡的邻居，赵树理有过明确的说法。

关于《催粮差》，形象、主题都很深刻，有学者认为赵树理受到果戈理的影响。

## 五、关于《灵泉洞》

1958年春天，"大跃进"刚刚发动起来，赵树理也和大家一样，摩拳擦掌，跃跃欲试，准备写《续李有才板话》。过了不久，赵树理忽然改变了主意，从不写历史题材的他，以抗战时他在阳城县杨柏山任区长时的经历为主题，写出了一部大家非常喜欢的长篇评书《灵泉洞》。书稿完成后，《曲艺》杂志1958年第8—11期连载，作家出版社于1959年2月出版。赵树理的战友苗培时在1959年4月《读书》半月刊上发表了评论文章《夜读〈灵泉洞〉》，第一次以评书的形式评论评书，立刻在文学艺术界引起了轰动。苗培时认为：

> 《灵泉洞》好在哪里？一曰故事好：紧张、曲折、生动、有趣，引人入胜。二曰人物好：有血有肉、个个不同，虎虎有生气。三曰结构好：朴朴素素、老老实实，有头有尾，绝不虚夸。这些好，都是好。但最好还是这书的主题好，内容好……

灵泉洞是一个真实存在的十分神奇的山洞，属于喀斯特地貌，亿万年来石灰岩形成的钟乳石，绚丽无比。评书家陈荫荣1959年在《北京日报》发表评论文章，列举了书中钗、明、暗、蹬、缝、伏、插、栽、原、倒、补、惊、掩等手法，特别强调"看完《灵泉洞》之后，坐定一想，灵泉沟一带的地理环境如同摆在眼前一样，有条有理，十分清楚。作品的语言也十分精练，话顶话，话插话，针针见血，话不空登"。

不写风景，历来是一些人贬低赵树理小说的理由之一。读了《灵泉洞》会有什么感觉呢？

当然，《灵泉洞》并不是特意描写风景的，赵树理笔下描写的，是抗日战争极其困难的1940年，太行、太岳抗日根据地军民，利用山洞藏身、存粮、生活乃至办公，斗争环境非常残酷，在短暂的斗争间隙，还过着类似世外桃源般的生活。当然，灵泉洞同时也代表了赵树理与战友们战斗和生活的太行山中，从壶关到陵川的许多山洞。1943年，赵树理就写过《神仙世界》一文。

《灵泉洞》的故事很多,但最牵动人心的是,上部写完了,下部却久久不见出来,以至于有个文学爱好者竟冒充赵树理之名写出了下部。内中原因是什么？因赵树理已在"文化大革命"中被迫害致死,我们不得而知。但笔者多年来想来想去,恐怕是中国社会发展变化之快已远远超出了赵树理的想象,他难以再写了。

## 六、"大跃进"中的赵树理

"大跃进"中赵树理的表现,我们是比较清楚的。首先,他是一个清醒者,是实事求是的典范;他坚决反对说假话,对浮夸风烦透了。其次,他始终站在维护农民利益的一面。他看到农民吃不饱,心里难受,他要呐喊,要为农民争权利。课题组选择了董大中先生的文章《赵树理在"大跃进"中》和陈天圣的文章《实事求是的典范》,很有代表性。陈天圣代表的是阳城县的干部群众,董大中是赵树理研究的权威学者,代表了赵树理研究的成果。

问题是深入对赵树理研究,要问一个为什么,为什么赵树理能做到,而其他人做不到呢？

我们过去大都从赵树理坚持为农民利益鼓与呼的前提出发,满足于农民利益代言人的认识和评价。这样的评价和认识当然是正确的,但仅仅停留在是什么的层面上,而不研究为什么,是远远不够的。课题组把课题《赵树理在阳城》改为《赵树理与阳城》,就是想把研究的视野和空间扩大一下,从"大跃进"到1959年的反右倾和1962年的大连会议,把这一时期赵树理的所作所为联系起来研究、分析,我们对赵树理的认识和评价就会提到一个新的高度。

# 七、1959年反右倾中的赵树理

1959年反右倾中的赵树理,最引起研究者关注的当然是他致陈伯述的一封信。在极"左"思潮横行的年代,赵树理敢于顶风直抒己见,所以这封信也被称为"万言书"。陈徒手和陈为人在他们的著作中,详细讲述了1959年冬天的赵树理和大连会议上的赵树理,为研究赵树理提供了鲜活的资料。

读了这些文章和赵树理的文章,我们眼前一亮。

党的十一届三中全会之后,全党工作的重心由以阶级斗争为纲转移到以经济建设为中心上来,我们对国情的认识是中国仍处于社会主义初级阶段并将长期处于初级阶段,农村家庭联产承包责任制在全国兴起。我们对赵树理的看法和评价仍停留在原来的认识层面,似乎是不够的,联系到赵树理一再构思、几次想写的《户》终未完成,对赵树理我们应该有新的认识和评价。这个课题有高度、有深度、有广度,盼望有识之士一起担负起这一重任。

赵树理认识如此之深刻,不是偶然的。"大跃进"、人民公社的实践,为赵树理提供了丰富的感性认识。以关心"三农"为己任的赵树理参加革命后,善于学习的他也逐步学会了用辩证唯物主义和历史唯物主义的观点来观察、分析问题,用马克思主义经济学的观点来认识农村发生的问题。

自从马克思揭示生产力和生产关系这一基本矛盾以来,借用力学概念和原理表述经济发展动力的观点屡见不鲜。我们不妨借用一下牛顿第三运动定律:相互作用的两个物体之间的作用力和反作用力总是大小相等,方向相反,作用在同一条直线上。生产力和生产关系就如作用力和反作用力的关系。生产力是作用力,生产关系是反作用力。可惜的是,在相当长的时间内,我们颠倒了这一关系,把生产关系当作了作用力,反而把生产力放在了反作用力的位置,片面追求"一大二公"的生产关系,压制了生产力的发展。

这让我们想起孙犁评价赵树理时说过的一段话:"经济、政治、文艺,自古以来,就形成了一种非常固定,非常自然的关系。任何改动其位置,或变乱其关系的企图,对文艺的自然生成,都是一种灾难。"

所以进入1959年的赵树理,已无暇顾及创作什么,他在思考,他在进行理论探索,他把实践和理论结合在一起,他找出了问题的症结,他成了理论家和思想家,下要为老百姓呐喊,上要为党中央进言。

对党负责和对人民负责,在赵树理身上实现了高度的统一。

更让人赞叹赵树理伟大的,是他的硬骨头精神。对当时发生的问题许多人看到了,也认识到了,但保持了沉默。给陈伯达写信时,赵树理并不知道彭德怀的"万言书"。庐山会议之后,全国已开始批判右倾,但赵树理绝不跟风,而是顽强地坚守着自己的认识。他像鲁迅先生一样,是硬骨头。赵树理在1962年的大连会议上,做了农村形势的长篇发言,比1959年的观点更进一大步,更具锋芒。李淮说:"赵树理了不起,大胆反思,敢于说心里话,精彩极了。没人能赶上他,他走在知识分子的前头。"

(本文收录于2016年由北岳文艺出版社出版的赵魁元主编的《赵树理与阳城》)

第四部分

# 赵树理在1941年

　　研究赵树理大多是从毛泽东的《延安讲话》谈起,研究赵树理的作品则是从《小二黑结婚》《李有才板话》开始。赵树理是如何成为作家的? 赵树理文学生成的历史过程如何? 除少数专门研究赵树理及其作品的专家学者外,大部分研究者并不真正了解赵树理的前半生,以至于在研究中国20世纪文学史的过程中,对赵树理在现代文学史中的地位和作用,特别是对赵树理的总体性研究总是或隐或现,或明或暗,时而肯定,时而否定,呈现出"不确定"的赵树理现象。由于赵树理在抗战文学、解放区文学、社会主义农村题材文学中的原创性、经典性和不可替代,赵树理文学是怎么也绕不过去的历史存在。所以在新中国成立时,赵树理作品同时入选两套丛书:《中国人民文艺丛书》和《新文学选集》,这是历史的选择,也是赵树理的殊荣。但也给文学史研究带来了一个难题,有些研究者总觉得让赵树理文学进入现代文学史有点勉强,是宣传的需要。这实在是一个悖论,因为赵树理的成名作、经典作品大多是新中国成立前写的。进入21世纪以来,这种情况有了很大改变。由于董大中、黄修己等学者不懈的努力,赵树理在1943年以前写的作品被大量发现,虽然许多作品还没有找到,但是赵树理早期创作情况基本被呈现出来。

　　钱理群的《岁月沧桑》从整体上评价赵树理,是21世纪赵树理研究的重要成果。钱理群不仅发现和挖掘出了赵树理的多重价值,而且还形成了自己的赵树理观:

赵树理是一位探索中国农民,以此出发,思考中国社会主义问题,并且有自己的独立发现和见解,且能坚持的思想者,用为农民写作,从事农村实际工作两种方式参与农村变革的实践者。

　　1941年是赵树理创作作品最多的一年,更为重要的是,这一年是赵树理文艺大众化观念全面形成的一年,具有重要的文学史意义。

　　一、从《漫谈持久战》说起

　　1941年元旦,《中国人》报开始连载长篇政论文《漫谈持久战》,这是赵树理应《新华日报》(华北版)社长何云的要求而写的。赵树理用通俗易懂、生动活泼的形式全面诠释了毛泽东的《论持久战》,极大地鼓舞了太行抗日军民战胜日本帝国主义的信心。因为《漫谈持久战》是一篇政论文,研究者对此并不重视。

　　1985年,钱理群在和黄子平、陈平原合著的《论二十世纪中国文学》中给予赵树理文学高度评价:"由赵树理所代表的以讲故事为主的叙事文则显示了史诗传统和现代发展。"为了完成20世纪中国知识分子精神史三部曲,钱理群再度对赵树理进行研究,写了不少更全面、更有分量的文章。文章揭示了中国共产党为什么行、之所以能的一个真理:党、党的领袖和共产党员、革命战士是如何在艰苦卓绝的中国革命和战争中心往一处想,劲往一起使,形成强大的凝聚力和战斗力,因而战无不胜、攻无不克,最终以弱胜强,战胜一个又一个强大的敌人而取得革命胜利。

　　赵树理是1937年抗日战争全面爆发后立即投入抗日战争并重新加入共产党的,他的身份是一名宣传文化战士。作为副刊编辑,赵树理进行宣传的前提是学习党中央的方针、政策,特别是革命理论,革命理论自然是毛泽东的著作。

把赵树理和《新民主主义论》联系起来,具有文学史意义。

赵树理1940年夏天调入太行新华日报社,报社开办的华北新华书店出版了毛泽东的《新民主主义论》单行本。赵树理认真学习后,认识上实现了两个提升:一是对新民主主义文化认识的提升。毛泽东在新民主主义文化的论述中明确提出:"民族的科学的大众的文化,就是人民大众反帝反封建的文化,就是新民主主义的文化,就是中华民族的新文化。""新民主主义的文化是大众的,因而即是民主的。……它应为全民族中百分之九十以上的工农劳苦民众服务。"《新民主主义论》应该说是赵树理自觉坚持文学大众化方向的理论来源。二是对鲁迅认识的提升。毛泽东在《新民主主义论》中高度肯定了鲁迅先生:"鲁迅的方向,就是中华民族新文化的方向。"崇拜鲁迅,立志走文艺大众化道路的赵树理,更加自觉地向鲁迅学习。

**二、通俗化研究会的成立与行动纲领**

1941年5月2日,太行区文联、文协等数十个单位联合举行五四纪念会。彭德怀在讲话中指出,当前敌后抗日根据地新文化运动的基础方针与任务,是提倡民主的、大众化的、科学的、拥护真理的民族独立解放信心的文化,"要把太行山建立为华北新文化运动的根据地"。

1941年8月上旬,由赵树理、王春、林火等人酝酿、发起并成立通俗化研究会。其背景是关于新文艺问题,当时报社内部有两种意见:多数人认为新文艺应该以郭沫若、茅盾、巴金等名作家的作品为标本,强调语言的科学化、文体的现代化。以赵树理、王春为代表,积极拥护鲁迅关于大众化的主张,力主文艺应该通俗化、群众化、大众化。双方争论激烈,各执一词,谁也说服不了谁。赵树理他们属于少数派,主张的声音很微弱,赵树理只好在自己负责的阵地(报纸副刊和戏剧演出与创作)上下功夫。

1941年9月25日,《抗战生活》革新号第2卷第1期登载了赵树理的《通俗化"引论"》。文章明确提出:

通俗化也不仅仅是抗战动员的宣传手段;周文先生说:"通俗化……的任务是在普及,是在使大众能够接受,并且成为他们能够把握的新文化。"因此,它还得负起"提高大众"的任务,而不能把"通众化本身降低到群众和群众的落后情况平等"。这样一来,通俗化的意义就更加重大了:它应该是"文化"和"大众"中间的桥梁,是"文化大众化"的主要通路;从而也可以说是:新启蒙运动一个组成部分……

直至今日,一般老百姓阅读的,不是我们写出来的抗战读本,也不是大家早就写成的"大众文库",而是《七侠五义》《小上坟》之类! 我们作品的流行量,既然赶不上这些"小书"的万分之一,从而它们里面的有毒的东西,便自然取我们的抗战知识而代之! ……且不管这是"内容"问题,或者是形成问题,然而这却是一种严重问题。

既然通俗化的任务首先在于"普及文化";那么,所谓"普及"就应该包含两方面的意义。一方面是从接受文化的对象来说,应该是人数越多越好,越普及越好,这是"人的普及"。但另一方面,拿来给予大众文化的本身,也应该扩大范围,把科学、文学、历史、地理……各种不同的知识,即不同的文化内容都"普遍涉及"。

1941年10月25日，《抗战生活》革新号第2卷第2期又发表了赵树理的第二篇文章《通俗化与"拖住"》。文章开宗明义：

"拖住"是说拖着人不让进步的意思。这两个抄自鲁迅先生的文章中，他说："希图大众语文在大众中推行得快，主张什么都要配合大众的……虽然好像为大众设想，实际上倒尽了'拖住'的任务……是绝对的要不得。"鲁迅先生这个指示，是很重要的，从事通俗读物写作而在这方面不加小心，就往往会不知不觉"尽了拖住的任务"……

文章从抗日根据地的实际出发，从提高大众思想方面来说，批判了大众中迷信落后思想的种种表现；从向大众传播知识方面来说，批判了旧唱本的有害东西；从提高民众对新形式的欣赏能力上来说，探讨了民间形式与民族形式的关系。

### 三、向鲁迅先生学习

1941年10月25日，《抗战生活》革新号第2卷第2期在《二三事》专栏登载了赵树理写的文艺短论《多看看：纪念鲁迅先生逝世五周年》。这篇文章和《通俗化与"拖住"》发表在同一天，仍然引用一段原文：

根据地已是新民主主义社会了，可是我们在文艺作品中反映得还有限。假如鲁迅先生健在，他看到这样的新社会，说不定已有一部比《阿Q》更伟大的作品出世了。然而他老人家已经离开我们五年了，为了使我们能够有新的杰作出现，大家自然该喊一句"在创造上学习鲁迅先生"的口号。

还是这一期的《抗战生活》，赵树理采用自问自答的形式，写了《文艺的两个问题》，再次引用了鲁迅先生的话：

　　　　至于科学的真与艺术的真，基本上是一致的。鲁迅先生译的厨川白村的《出了象牙之塔》上，曾谈过这个问题。他举水为例说……所以科学的真和艺术的真基本上是一件东西，不过各有各的表现手法，从不同的角度上去把握，用不同的手法加以表现罢了。

　　1925年赵树理考入长治山西省立第四师范，在同学王春、常文郁的引导下，开始接触新文艺，在五四新文学特别是鲁迅文学的影响下，从仿欧化的创作到追求老百姓听得懂、喜欢看，1941年基本形成自己的创作风格。

　　一是学习鲁迅先生的笔法，一篇篇战斗性十足、讽刺性很强的短文，犹如一把把匕首一样，直刺敌人的心脏，痛斥日本侵略者血淋淋的罪行，撕下了汪精卫汉奸之流的可恶嘴脸，严厉抨击国民党假抗日真反共的罪恶行径。有一篇短文，照录如下：

### 不是我的部下

　　一个中国老太婆报告日本的小队长："太君！你的部下把我家的东西抢完了！"

　　小队长说："一点也没有剩下吗？"

　　老太婆说："只剩下一只小鸡。"

　　小队长说："那一定不是我的部下！我的部下是连鸡毛也不剩下的。"

连标点符号算上,不足100字的小文章,将日本侵略者的凶残、贪婪本性活灵活现地表现出来!

又如,1941年7月2日发表在《中国人》报第4版的《狼的自画像》,狼竟把自画像拿到会上向大家介绍:"人就是这样难看。"

二是赵树理文学的丰富性和表现形式的多样性。小说、散文、杂文、诗歌、评书、鼓词、歌谣、寓言,赵树理样样精通。

1941年4月16日—6月25日,在《中国人》第4版连载章回小说《再生录》,歌颂杨二牛、赵天锡在共产党引导下,参加冀中抗日游击队的故事。据董大中考证,这应该是抗日根据地第一篇以农民抗日为主题的小说。

1941年5月28日,赵树理发表了反映日本侵略者统治下农民困苦生活的《李大顺买盐》。12月17日,发表了《豆叶菜》。令人惊奇的是,这一时期赵树理创作的作品大多是小小说,篇幅短小,语言通俗,立意明确,情节生动。有学者称赵树理是小小说的创始人和奠基者,是有道理的。

赵树理的拿手戏是鼓词,如《开河渠》《村政民选小调》《王美云出嫁》《巾帼英雄》《茂林恨》等。

三是老百姓喜欢看。赵树理自己在回忆中自豪地说:"那时的小报与任何报纸的面貌都不一样,贴在各县城的街道上,凡认得字的都愿看看,往往弄得路为之塞。"

比如,1941年7月2日发表的《李二嫂的炉边闲谈》:

上月27日,罗斯福发表了炉边闲话。28日早晨七点钟,李二嫂的炉边闲话接着也发表了,原文如下:

问:二嫂! 锅里蒸的是馍?

答:馍? 一年来谁见过馍? 自从把粮食交给鬼子封锁,

每月休想多领一颗,二和不能挨饿,我才给他蒸着糠窝窝。

······

一篇短文章,信息很多,内涵极其丰富。又有谁能想到,赵树理笔下生花,居然把老百姓的对话和美国总统、国际反法西斯战争联系起来,令人眼界大开。

赵树理1941年的作品,全面记录和反映了抗日根据地抗日斗争、民主政权建设、村民民主当家、经济建设和文化建设的情况,特别是真实而生动地记录了抗日军民的顽强斗争和苦难生活,可以说是抗日根据地的百科全书和历史教科书。

读赵树理1941年创作的作品,同样可以深刻认识到,作为宣传文化战士和极富文学天赋的赵树理,是如何在党的文艺政策,特别是毛泽东的文艺理论指引下,以鲁迅先生为榜样,坚持新民主主义文化导向,最终成为农民作家或人民作家的。这对于全面建构和研究中国20世纪文学史,特别是抗战文学史是十分有益的。

(本文原载《中国赵树理研究》2004年第1期)

# 关于《赵树理全集》与赵树理佚文的说明

## 一

2006年9月24日,是赵树理先生诞辰100周年纪念日。为了纪念这位从家乡走出来的人民作家,晋城市委、市政府决定办几件实事,修建赵树理文学馆、拍摄电视连续剧、排演上党梆子戏等,其中非常重要的一件事就是出版《赵树理全集》。主编选定董大中,这不仅因为他是赵树理研究的专家,而且是《赵树理全集》(5卷本,北岳文艺出版社出版)的主编。5卷本是按体裁或内容,先编同类的集子,再编其他。5卷本出版后,董大中一直有个心愿,正如他在《赵树理全集》(6卷本,大众文艺出版社出版)编后记中所言:"二十年前,在开始编《赵树理全集》的时候,我心目中的全集就是现在读者看到的这个样子。它不分体裁,完全按写作时间编排次序。人的一生是怎样走过来的,书也就怎样编排。我们读着书,就像站在历史的大道旁,看着主人从这头走到那头,从年轻走到年老。这就是在五卷本《赵树理全集》已经面世并且印过两次之后,我又编出这么一套全集的主要原因。"

"本书新增加的文字,约有四十篇,有些是从未听说过的。如《万象楼》的落子本。原来只知道《万象楼》,对其是哪种唱腔,并未注意。前不久,长治的收藏家杨宏伟先生拿出他的落子《万象楼》原版本,真让我大吃一惊。……致周扬信和在1959年受批判中写给邵荃麟暨中国作协党组的信(此信从陈徒手《1959年冬天的赵树理》一文辑出），分别从文艺思想和对待批判的态度等方面，表现了真实的自我。……从《中国人》报上辑出的几篇政论，使四十年代初的赵树理的写作活动更趋完整。《'说'和'唱'的分野》虽然极为简略，但把道理说得十分透彻，是少见的。它是作者四十年代几篇谈戏曲改革文章合理的发展。找到这篇文章的，是苏春生先生。"

《赵树理全集》的出版，受到了赵树理文学爱好者的极大欢迎，更适合研究者阅读和使用，对21世纪赵树理研究热的再次兴起起到了积极的推动作用。

<h1 style="text-align:center">二</h1>

《赵树理全集》出版后，大家十分关心赵树理佚文的新发现。还真的不断有新的发现，重要的有以下六方面的内容：

1. 赵树理的工作笔记。这是1965年赵树理担任晋城县委副书记后的一本工作日记。这本工作日记并不能算是新发现，而是由赵树理的女儿赵广建精心保存下来的。2010年，赵广建将笔记本捐给了晋城市赵树理文学馆，成了该馆的镇馆之宝，是研究赵树理十分珍贵、极其重要的资料。日记中的个别内容，赵广建在面对诸多采访时也曾透露过一点点。如收入《赵树理全集》第6卷162页的《笔记一则》就出自工作笔记，时间应是1965年冬，而不是60年代初。大家知道，赵树理是很少记日记或工作笔记的，这同许多经典作家留下相当数量的日记形成反差，这也是研究赵树理的一大难题。工作笔记本是山西省文联办公室1965年11月24日发给赵树理的，赵树理正在下乡调查，正好用上了。实际记录虽仅61页，但详细全面地反映了晋城县有关农业生产和农民生活的情况，许多数字记录到了村，甚至

户。同时,也记录和反映了赵树理对农业和农村工作的看法、认识和要求,如:

> 集体领导、依靠群众、从生产出发、落脚到生产。
>
> 抓生活保或促生产,分配合理,经常关心(粮、钱),(如不注意,后果甚堪顾虑)。
>
> 目前主要危险是对灾情估计不足,看法不一致,产量落实不够,因而生活安排亦不落实。这是个决定性的问题,对明年大生产影响甚大。
>
> 为建设而建设,不讲实效,有的只是盲目性作怪,有的则有风头主义。
>
> 保护群众积极性、关心群众生活注意不够,地头扎营盘,一天三送饭,披星戴月干。
>
> 藏粮于民,藏富于民,留有余地,坚决不购过头粮。
>
> 建设与集肥、管麦发展得不平衡,忽略后者多,要纠。
>
> 对水利抓得不紧,特别是小型的。一亩也不简单。
>
> 抓生产多,抓思想少,要纠。

对于全国轰轰烈烈开展的学习毛泽东著作,赵树理也记下了自己的看法:

> 不学毛著行不行? 没有革命的理论就没有革命的行动。
>
> 不要尽在词句上找根据,要以毛著改成自己的思想,不要"读书千万篇,思想不沾边"。分析问题要用聚光镜,看出

155

主要矛盾,分析问题要认识本质。要读、想、议、用、评。

突出政治、落实思想工作,主要环节是抓县以上的领导干部思想革命化,要检查革命人生观。

要做一个永远的促进派。


关于如何改进工作作风的记述也很多。

2.《石头歌》。1964年3月上旬,赵树理以作家的身份访问了大庆,大庆油田的巨大变化令赵树理十分兴奋。他回京后即写出了《竹枝词二首》,发表于《诗刊》1964年4月号。言犹未尽,赵树理又写下了《石头歌》:


我国石油自给,乃由征服石头而来。石若有灵,当效通灵宝玉,备载其事,故戏制石头歌,以漫喻之。

歌曰:

这石头不是那石头,娲皇炉内不曾收。不补天高补地厚,遮遮盖盖怕出头。不曾纳诸真人袖,不曾衔入公子口。生平记载层层有,空空道人识不透。东风忽而起神州,便有人来细追究。得寸进尺不放手,钻研到底才罢手。根底消息一泄露,再来遮掩哪能够。这才喷献万能油,借向人间永不朽。


巴金夫妇向他索字,赵树理便恭恭敬敬地写成书法作品,请萧珊正之。

赵树理曾书赠韩文洲一幅《石头歌》,可惜"文化大革命"中丢失了,《赵树理全集》出版时,韩仅回忆起了开头两句,所以只收集了两句。自然,把这两句同《竹枝词二首》一并收录在1962年,从时间上讲是错的。

和赵树理有深厚感情的巴金先生精心保存着这幅作品,后来捐给了中国现代文学馆。2009年国庆60周年,作为重要藏品展出。

中国赵树理研究会顾问成葆德专门写了一篇文章《〈石头歌〉没有佚失》(见《重读赵树理》,北岳文艺出版社2016年出版)。文章说:"这首《石头歌》非律非绝,非风非赋,既像'柏梁',又似戏词,合仄合韵,朗朗上口,完全是赵树理的风格。加之赵树理用自己熟练的唐楷写来,自有一副妩媚的面目,不由得让人眼睛一亮!把它作为一幅赵树理的书法作品也是值得欣赏的。"

2012年9月2日,《文艺报·经典作家专刊·经典作家之赵树理篇》登载了许建辉的文章《赵树理在文学馆》,介绍并刊登了《石头歌》。

3.《进入高级社 日子怎么过》。发表于《河北日报》(1957年6月25日),文章很短,但提出了一个十分重要的观点:高级农业社的生产关系是"基本的生产资料集体所有"和"按劳取酬"。每个社员怎样做他们的消费计划,就仍应该由社员自己负责。如何让社员纠正收支无计划这一偏差,赵树理不仅剖析了产生这种现象的原因,而且以山西襄垣县前进农业社《一年早知道》为例,提出了解决这一问题的办法。贵州杜国景十分关心这件事情,千方百计找到了登有这篇文章的《河北日报》。这是研究赵树理农村经济思想很重要的一篇文章。

4.1965年6月7日,赵树理《在欢送晋城县第五批城市知识青年下乡插队大会上的讲话》(记录稿)。

赵树理时任晋城县委副书记,虽然不直接分管知青工作,但是对知青工作十分关心,所以受县委委托,在欢送会上讲话,中心意思是社会主义新农村是革命的大熔炉,希望知识青年要经受住考验,在革命大熔炉里千锤百炼成钢,并举了自己女儿赵广建回乡务农的例子,所以知青们很受鼓舞。原件为记录稿,保存在晋城县档案馆。赵树理百年诞辰时,由时任晋城县知青办负责人陈守裕提供。记录者应骥,时任晋城县知青办工作人员,会速记,会后又根据录音整理。应骥后调回重庆,已成为人类学研究的专家学者。当时《赵树理全集》已出版,故未收入。

5. 收到中华全国新闻工作者协会的来函后,赵树理准备的接受采访提纲。来函主要是就各省如何办农民报想拜访赵树理,请赵树理就"应该宣传些什么? 怎样宣传? 农民为什么需要? 办农民报需要注意哪些问题谈谈看法和希望"。提纲则是赵树理准备的以农村文化、农村俱乐部为主要内容的访谈要点。

这是笔者拜访赵广建时发现的,她赠送给了中国赵树理研究会,同赵树理的其他原件一样,没有注明日期。

6. 赵树理的一封亲笔信。由长治市赵树理研究会提供。收信人邵荣虎,1956年时为杭州九中高一学生,爱写诗,因发稿困难而给某刊物写信,不知怎么转到了赵树理手里。对于邵荣虎这样爱好文学的青年学生,赵树理做了耐心的解释,并热情地鼓励他坚持下去。同时,认真地提出"诗和其他文艺创作一样,要求作者先要有对社会主义事业中的具体部分有真情实感,而青年学生同志们往往只有热情而少'实感',所以写出来的诗往往空泛"。"不写连自己也不理解的东西,不空喊乱叫,不愿看到一点皮毛就写。"对于没有专门的诗刊,赵树理充满信心地回复:"我以为这也只是暂时的现象,不久经过一次向文化进军的高潮以后是会繁荣起来的。"不久,《诗刊》创刊。

赵树理诞辰110周年之际,邵荣虎翻出了这封信,并邮寄给长治赵树理研究会。

因《赵树理全集》至今未修订再版,中国赵树理研究会和晋城市委宣传部将这些佚文集中收录在《赵树理纪念文集》(山西人民出版社2017年出版)中,以供读者和研究者使用。此外,还发现了两封赵树理的书信:一是许建辉的文章,介绍中国现代文学馆收藏有《赵树理致田间信》;二是梁秋川著《父亲浩然和他的朋友们》中介绍,浩然保存有赵树理的信。两封信都很重要,《赵树理全集》再版时应该收入。

## 三

《赵树理全集》出版后,研究者也陆续发现了个别失误,最主要的是收入一篇伪作:《致徐懋庸》。筹备赵树理百年诞辰活动之际,忽然在沁水发现了赵树理的一封信,大家的心情当然非常高兴。董大中正在编《赵树理全集》,匆匆忙忙将此信收录其中。笔者也非常希望收购回这封信,但价格没有谈好。纪念活动之后,人们已开始怀疑这封信的真实性,当然也有人认为这封信是真的。同时期又发现了一篇《就职宣言》,《新文学史料》2010年第1期专门做了介绍,董大中当即写了一篇文章《〈就职宣言〉是一篇伪作》,发表在《中国赵树理研究》2010年第2期上。关于这封信和这篇文章的真伪,不同意见的人争论得相当激烈。成葆德是一位学者型领导,退休后选择重读赵树理。在重读的过程中,他考证了一些问题,发现《就职宣言》竟然是抄袭《李家庄的变迁》中王区长的讲话,将王区长的讲话,变成了赵区长的讲话,《致徐懋庸》则是从《平凡的残忍》中摘录和拼凑成的。应该说成葆德的发现已将这两篇伪作说得非常清楚了,笔者在这里再次提及这两篇伪作,是因为伪作太像了,所以流传甚广。2014年9月22日,《文艺报·经典作家专刊·经典作家之"山药蛋派"》发表麦一花的《赵树理致徐懋庸一封信的文学史价值》一文中引用了《致徐懋庸》这篇伪作。笔者要告诉大家,伪作者不知出于何种动机,已于几年前致信长治赵树理研究会,承认自己伪造赵树理书信和讲话的错误。

笔者也想说明赵树理研究中另一件十分重要的事情,即时间问题。

1. 赵树理为大庆写的《竹枝词二首》,应该是1964年而不是1962年。

2. 赵树理为陵川一山林场的题诗应该是1963年5月,而不是1964年5月。产生这一失误的原因是韩文洲等人的记忆有误。1964年5月,赵树理与韩文洲等人去陵川黑山底采访董小苏,先到了一山林场,韩文洲等人把这件事记混了。陵川一山林场保存的阮章竞回京后补写并邮来的诗标明时间是1963年,而赵树理的题诗并未留时间。

3. 赵树理兼任阳城县委书记处书记时,填写的履历表应为赵树理亲笔书写,但填写时间1958年7月确实是错误的,因为赵树理是1958年底才到阳城县工作的。表中所填赵树理第一次入党时间是1926年也是错误的,应为1927年。

董大中采访赵广建时,赵广建认为她父亲是有意为之。笔者是赞同赵广建的说法的,因为赵树理一生经历了太多的运动,每次运动都要反复交代,一次又一次填表,赵树理十分反感。

2019年,中华人民共和国成立70周年。同各条战线一样,文艺战线也在总结、探讨新中国70年文艺发展繁荣与曲折之路。写此小文,以有益于赵树理的研究。同时,恳请大家继续努力,争取发现新的赵树理佚文。

(本文原载《中国赵树理研究》2020年第3—4期)

# 赵树理与关连中舞台形象的成功塑造和突破

## ——忆上党梆子《赵树理》

上党梆子现代戏《赵树理》在全国上演已经8年了，一听说哪里又在演出《赵树理》，一听到张保平那激昂高亢的唱腔，笔者心里总会涌起一阵激动。从晋城到太原，从北京到济南，场场演出引起轰动。该戏不仅成功地纪念了赵树理先生诞辰100周年，实现了几代上党梆子表演艺术家和家乡人民的心愿，而且经过编剧、导演和演员的共同努力，在表演艺术上实现了许多突破，创作了一台集思想性、艺术性、观赏性相统一的好作品，为上党梆子的艺术宝库增添了一部可以世世代代传承的经典剧目。

《赵树理》成功的原因很多，如编剧张宝祥的精心创作，谢平安导演的二度制作，张保平、吴国华夫妇的精湛演出，特别是保平、国华联袂演出本身就为该戏添彩不少。多年来，总想为该戏说点什么，但笔者终究是戏剧艺术外行，心中有许多话想说，却又不知从何说起。好在许多专家学者都已发表了不少评论，好评如潮。笔者就从印象最深、创作和演出难度很大，而最终取得了成功的一个亮点谈一点体会吧：关连中舞台形象的成功塑造和突破。

大家都知道，上党梆子历来以演出场面宏大的历史戏为优势，如杨家将、岳家军等，演出家庭戏、人物戏并不是其强项。电视连续剧《赵树理》的创作要比戏剧《赵树理》早，剧本的创作过程非常不容易，几易其稿，编剧人员不断增加，光剧本研讨会就开了好几次，从晋城到北京,一直开到中国作家协会。许多专家私下告诉笔者,对以人物为主线的作品不要抱过高的希望,尤其是赵树理,不失败就是成功。赵树理不同于陈赓、许世友等将军,他们的故事多,战争场面恢宏,有许多亮点可以吸引人。而赵树理呢?一个人民作家,在人们的印象中似乎是严肃的正面形象,家庭生活中也没有什么奇闻趣事,更不像其他大作家一样有丰富的感情生活,赵树理舞台形象的塑造可谓难度很大。所以笔者一再对创作组的同志说,大家要放开胆子,有了成绩是大家的,失败了我负责。大家也一再表态,要相信张宝祥的编剧功力,他是颇懂上党梆子创作的,也会带着感情去创作的。偏偏他有一个习惯,在剧本没有定稿之前,一稿、二稿、三稿是轻易不会让人看的。笔者有自知之明,懂得要尊重创作人员,不要瞎干预,但心里总有点将信将疑。

文化局和剧团也确实下了决心,为了把《赵树理》拍成精品,千方百计请到了全国著名的戏剧导演谢平安先生。说来有趣,笔者和谢平安不熟悉,但初次见面即有久别重逢的感觉,可能是赵树理的在天之灵在牵线吧。一天,笔者正在街上走着,突然迎面走来一人,似乎面熟,但又想不起来是谁,当快走近时,心中一喜,这不是谢平安导演吗?谢导看见笔者一怔,随即紧走两步,伸出双臂跑过来,两双手紧紧地握在一起,哈哈大笑。笔者激动地说:"谢谢您!拜托!"谢导说:"放心,我会努力的!"事后笔者听说,开始张保平一直找不准赵树理的感觉,谢导竟说:"你就在赵部长身上找。"笔者听了真是激动,这是谢导对笔者最高的奖励。

但心中还是有个疑问,关连中的形象如何塑造?电视剧讨论时已涉及这个问题,但都匆匆而过,贤妻良母的形象则是一致的。可戏

163

剧不同于电视剧,要在有限的时空演绎出无限的时空,戏剧冲突是必不可少的。这一次既然选择了以赵树理的家风家事为主线,关连中必然是二号人物,是怎么也绕不过去的。赵树理与关连中,一个是大作家、大知识分子,享誉全国;一个是普普通通、名不见经传的农村妇女,很少有人知道。即使多年来研究赵树理的专家学者,也仅仅介绍了她和赵树理结合的来龙去脉,父母之命、媒妁之言,头一个妻子马素英因病去世,留下幼儿急需有人照料,而赵树理常年在外奔波,不得已而为之。这不能不说是赵树理研究的空白和遗憾。新中国成立了,赵树理全家进京,好不容易团聚了,赵树理却因情系农民、心系农业合作化而常常离京,奔波在晋东南,和农民朋友一起谋划着如何办好农业生产合作社,并创作出了不朽的名篇《三里湾》。20世纪50年代,中国发生了巨变,人民翻身得解放当家做主站起来了。就在这巨变中,也有不和谐的浪花,有些高级干部抛弃了结发妻子而另组家庭,身份变了、地位高了的赵树理却毅然选择了"永不换夫人"。是幼时饱读了圣贤之书,有圣贤之道在约束,还是对患难与共的妻子的感恩、感激之情?特别是赵树理一生做出了许多当时人们十分敬佩,后人特别是当代人很不理解的几件大事,如工资定级低了却不申请改正,领稿酬不领工资,动员女儿回故乡务农,离京时将自己用稿酬买的住房无偿捐给中国作家协会等,而关连中能不怨吗?感谢张宝祥,正是以此为突破,构思出了"你不嫌我二婚带个娃,我不嫌你小脚没文化,一辈子俩人不变卦,谁要变心是癞蛤蟆"的夫妻绝唱。在这条主线的约束下,围绕夫妻间的不同认识、争论吵架乃至冷战,活灵活现地一一呈现在舞台上,呈现在观众的面前。之所以特别看中这一点,有两个原因:一是赵树理和关连中在家庭中的地位事实上是不完全平等的,是不对称的。赵树理是强势的一方,关连中是弱势的一方,但编剧将二人放在平等的位置上,赋予了女主人公当家做主的权利。当赵树理站在党员、站在全局的高度,舍小家为大家时,关连中敢于理直气壮地去争,为自己争、为儿女争、为家庭争,这是值得赞赏的。所以当赵树理占了上风时,大多数观众却站在了关连中一边,同情关连中,并不站在赵树理一边。这是时代造成的悲剧。无怪乎有的年轻人不理解当时的时代背景,竟然说出"赵树理是个傻子"的话来。当然也有理解的,2009年《赵树理》在北京大学上演,有的女大学生大胆地喊出了"要嫁就嫁赵树理",真是令人百感交集。二是吵架的度,无论是编剧、导演还是演员,都把控得很好。没有吵过架的家庭不多,但为什么吵、如何吵、吵到什么程度,似乎是一门学问和艺术。关连中和赵树理的吵,不是无理取闹,而是忍让之中的据理力争;不是一吵即恨,而是有怨无恨;不是毫无节制,而是争吵之后的理性和好。经历过人生沧桑的40后、50后、60后夫妻对赵与关是理解的,对于80后、90后的年轻人,希望能对赵树理、对赵树理所处的时代多一些理解。

关连中的形象塑造之所以成功并实现了突破,一个非常重要的原因,就是由吴国华扮演关连中,特别是与爱人张保平对戏,联袂演出。事实再次证明,看戏看角儿,听戏听角儿,戏剧艺术是角儿的艺术,这是中国戏剧艺术的规律。

吴国华无愧于上党梆子表演艺术家的称号,在《赵树理》中,她的艺术功底充分显露出来。从青年、中年到老年,几次争吵,都在"白头约"中和解,似在重复,但女并不重复。8年离别,赵树理音信全无,久别重逢,关连中极度高兴之际,心中却有挥之不去的阴影,夫君是否再婚？终因一场误会而爆发,8年的苦和累、少妇的怨和恨,一下子爆发出来,误会消除之后则是对新婚的幸福回忆和对未来生活的憧憬。20世纪50年代,家庭平静、安稳的生活因女儿的工作被打破,母亲对女儿的关爱、期望与赵树理送女儿回乡务农的设想大相径庭,差距之大超出常人的想象,又引发了一场家庭大战。1965年,赵树理全家离京,自己买的房子自己不留,不给儿女,却要捐给公家,作为一个家庭妇女,谁能承受得了,一场大战终又爆发。吴国华硬是把一个农村家庭妇女由忍到怨、由怨到争、由争到吵、由吵到和的心态展现得淋漓尽致,成功地塑造了一个可信、可亲、可敬,血肉丰满的人物形象。

出演关连中,由于剧情的需要,吴国华需要练跷功,对于已不算年轻的她来讲,又要从头学起,实在不容易。可吴国华就是吴国华,对艺术的追求永无止境,一戏一艺,一戏一格,一戏一新。从早到晚下苦功练,排练场练,生活中上下楼也练,硬是练成了,在舞台上表演踩、跷、跳桌子的高难动作也得心应手,潇洒自如,令观众大为惊叹。

就是在这风风雨雨、聚少离多的几十年中,赵树理夫妻二人的生命已经融为一体,互为支撑,谁也离不开谁。可历史竟如此的无情,"文化大革命"中的赵树理被批斗得遍体鳞伤,投入牢房,生离死别!"你今含冤进大狱,我盼你生还出牢门!倘然还有昭雪日,全家回村当农民!倘若夫妻缘分尽,我守着孩子们度残生,魂归故里宁到死,下辈子还做你屋里人!"

惊天动地,撕心裂肺,生命绝唱!

无声的静默!只有眼泪在流,心在流血!

突然,于无声处听惊雷!经久不息的掌声!

笔者一次又一次经历了这种场面。

笔者知道,这是在告慰赵树理先生的在天之灵！这也是在感谢我们的上党梆子艺术家！

（本文作于2013年）

# 一篇十分奇怪的文章

2018年《火花》第2期开篇刊登了一篇文章，题目十分醒目：《山西的文脉》，作者韩石山。这当然令人一阵欣喜，催人非读不可。

可读着读着，笔者先是感到莫名其妙，继而十分困惑，实在读不下去了，但文章既命名为《山西的文脉》，必是一篇大文章，而且一定有其道理，还是坚持读了下去。果然，韩文中的新观点、新看法不少，但令人十分失望的是错误的东西、信口开河的东西也不少。因为涉及山西文脉这样一个大问题，有些话笔者不得不说。

## 一、周扬和《论赵树理的创作》

为了叙述的方便，将其中的一段摘抄于下：

> 我那爱挑剔的毛病又犯了。据这篇文章（下文将提到）所说，《论赵树理的创作》一文，是周扬在这次文艺座谈会上的讲话（指1947年晋冀鲁豫文联召开的文艺座谈会），那么就是同年发表的。我一直想弄清，周扬的这篇讲话，是在什么报刊上发表的，一直没有弄清。我以为，周扬在会上也许有这样意思的讲话，但这样的文章，绝不是当时写下的，我查不出来，只查到孔夫子网上的一本旧书，1949年6月苏南新华书店出版，名为《论赵树理的创作》，郭沫若等著。在没

有更加确凿的证据之前,我有理由认为,周扬的这篇文章,
是在1948年到1949年前半年,这段时间加工完成的。

读了这段话,令人哭笑不得。

周扬《论赵树理的创作》,应该是所有研究赵树理的人都熟知的一篇经典论文,于1946年8月26日发表于《解放日报》。如果说20世纪80年代之前,韩石山没有看到这篇文章,也是可能的,但从给赵树理平反开始至今已整整40年。从黄修己到董大中,从《中国文学史资料全编:赵树理研究资料》到《赵树理研究文集》,到各种赵树理传、评传,韩石山真的没有看到吗?著名文艺评论家李国涛于1979年11月28日发表在《光明日报》的文章《且说"山药蛋派"》,韩石山真的没有看到吗?

知之为知之,不知为不知,这是中国传统文化中做人为文的简单道理。韩石山不知道周扬的《论赵树理的创作》,也是可能的,并不算错,但令人奇怪的是,韩石山偏偏就敢断言周扬在1948年前没有写过《论赵树理的创作》,理由是:

> 《温州学人》的博客上有孙坤宁的文章,名曰《毛泽东文艺话语体系上的主要代言人周扬:〈论赵树理的创作〉》。其中说,1947年晋冀鲁豫文联召开文艺座谈会,会上正式提出"赵树理方向"。作者说,读周扬此文,总感觉赵树理被拔高了。周扬写此文的目的,想必也不是真心喜欢赵树理的小说,只是作为毛泽东文艺思想的解释者,作为一个理论的阐述者,把赵树理的小说作为一个工具,披上文艺的外衣为政治服务,为自己的官位服务。当然也有其他的因素,比如

周扬与丁玲的矛盾,周扬需要在创作上树立一个榜样来抗
衡丁玲。

可见,韩石山在这里是有选择地看到与没看到:我的论点是以孙
坤宁的文章做依据的。可惜这个孙坤宁仅仅是时下一类人物的典型
代表,既不深入研究,又敢移花接木,把周扬《论赵树理的创作》变成
周扬的讲话,还敢大胆假设,给周扬扣了一顶"想必也不是真心喜欢
赵树理的小说"的帽子,而韩石山恰恰选择了孙坤宁。

## 二、周扬抬出赵树理是为了<br>对抗马烽和西戎的《吕梁英雄传》

接着韩石山又写了这样一段话:

读了这篇文章,我对过去的看法做了修正。周抬出赵
树理,不是抗衡丁玲的。
那么,周抬出赵树理,是为了对抗谁呢?
只能是对抗马烽和西戎的《吕梁英雄传》。
这一结论,让我寒心,但我是要求真的,这样的结论,与
赵树理本人没有任何关系,他是被抬起来的,也是被置于这
样的一个战略位置的。

又一个奇怪。孙坤宁说:"周扬与丁玲的矛盾,周扬需要在创作
上树立一个榜样来抗衡丁玲。"而韩石山说:"我对过去的说法做了修
正。"言外之意,韩过去是认可这一说法的。但奇怪的是,韩仅仅看了

孙坤宁的文章,就突然改变了看法,提出了一个更为奇怪的看法:周扬抬出赵树理是为了对抗马烽和西戎的《吕梁英雄传》。

关于周扬通过赵树理抗衡丁玲、压制丁玲,这是中国现当代文学史上一个十分复杂而又经典的话题。笔者刚刚加入赵树理研究的队伍时,对此也十分困惑,但进入21世纪的文学史研究,历史的本来面貌基本清楚,无论是研究丁玲的专家学者,还是研究赵树理的专家学者,在大的方面已达成共识。比如,周扬树立赵树理这一典型时,并不是为了抗衡丁玲;周扬、丁玲的矛盾缘起于周扬对《太阳照在桑干河上》有看法而不予支持;丁玲被打成右派,甚至被打成反党集团,是一个极其复杂的演变过程,周扬负有不可推卸的领导责任,但其背后有更为深层次的原因。

为了证明自己结论的正确,韩石山专门写了一部分:周文和《吕梁英雄传》。这是韩文中的一个亮点,也是对山西文脉研究的一个贡献,笔者完全同意。

笔者以前并不知道周文,更谈不上了解。笔者是文学队伍的门外汉,却偏偏参加到了赵树理研究的队伍中来。不懂文学,更不懂文学评论,凭什么参加赵树理研究,只能说笔者是一位热心人。因为工作岗位,笔者又是一位责任者,既然没资格也没能力当研究者,但总不能一直当一个热心人,起码可以当一个学习者吧。笔者的学习方向,就是走捷径,看别人是怎么研究的,也有一个窍门,关注文学史,关注文学史研究,通过比较的方法,寻找他们的同,发现他们的异,在共性和个性中打通他们之间的关系。

好在改革开放后,文学史的研究成果很多,许多过去不知道的真相和细节被挖掘出来。在阅读、比较、思考的过程中,笔者知道了许多人和事,以及历史细节。如周文是鲁迅队伍中的重要一员,周文在晋绥区是如何发现培养马烽、西戎的,不仅催生了《吕梁英雄传》,更为重要的是培养了山药蛋派文学中的五主将。我们对周文的宣传不够,是很遗憾的一件事。

但韩石山突然提出周扬通过抬出赵树理对抗马烽、西戎的《吕梁英雄传》的观点,则是闻所未闻。

好在马烽、西戎的回忆录都在,他们把《吕梁英雄传》的来龙去脉说得十分清楚。

有一个细节应该引起重视。《吕梁英雄传》全本是1949年正式出版的,并被编入由周扬主编的《中国人民文艺丛书》。之前的1946年4月,由吕梁文化教育出版社刚刚出版了上册单行本,是为了把它带到大后方去。当时以周恩来、董必武为团长的中共谈判代表团,正准备赴重庆和国民党谈判召开国民大会的事情。中宣部指定带去这部作品,是让大后方的人民看看,抗战中敌后人民在共产党领导下是如何和日伪、汉奸、顽固分子进行斗争的。结果谈判破裂,蒋介石撕毁《双十协定》,这本书没有机会送到国民大会,就由《新华日报》(重庆版)连载。之后又由重庆大众书店翻印出版,很受国统区读者的欢迎。大众书店当时根据大后方的有关规定,给了几两黄金作为报酬,这几两黄金自然成了革命的经费。

1946年,周扬出任晋察冀中央局宣传部部长。他深知自己的历史使命,也深知典型的重要。作为马克思文艺理论家,周扬将目光盯在了赵树理身上。1946年7月,周扬将刚编印好的《李有才板话》带到上海,并推荐给郭沫若、茅盾、邵荃麟、朱自清后,他们都写了评论文章,充分肯定赵树理的作品。赵树理的影响开始遍及以上海、重庆、香港为中心的整个国统区。正是在这样的历史背景下,周扬写下了《论赵树理的创作》这篇文章,并在《解放日报》发表。

1947年7月25日—8月10日,晋冀鲁豫边区文联召开专题讨论赵树理创作的文艺座谈会。会议经过反复热烈讨论,认为赵树理的创作精神及其成果,实应为边区文艺工作者实践毛泽东文艺思想的具体方向,因此大会同意提出"赵树理方向"作为边区文艺界开展创作运动的一个号召,而赵树理始终坚持不同意提出"赵树理方向"。

从中我们可以看出共产党宣传的优势,看出党的宣传干部在国共大决战的历史转折中是如何战斗的。同样,在这伟大的时代中,涌现出了赵树理、马烽、西戎这样既是共产党员,又是作家的代表人物。孙犁说赵树理"这一作家的陡然兴起,是应大时代的需要产生的。是应运而生,时势造英雄。"笔者有一个深刻的体会,"赵树理方向"的产生有两个重要的历史条件:一是毛泽东的《延安讲话》,二是解放战争,解放战争是更为重要的现实条件。

韩石山却得出了令人奇怪的结论。

## 三、山药蛋派真的使山西文学蒙羞了吗

一想到自己是个山药蛋,我都想扇自己一个耳巴子。

这是韩文中的一句话。

如果这仅仅是韩石山一个人的事,我们完全可以一笑了之。

但这恰恰不是韩石山一个人的事。

请看韩文中的一段话:

我的感觉是,自从山西作家认领了这个鄙称,山西文学

的品格,是越来越低了,连带的,山西文化的品格,也越来越低了,说得再严重点,连山西人的形象,也越来越低了。

这个问题可就严重了。

韩石山被人称为山药蛋派,觉得很丢面子,很恼火,很无可奈何。

山药蛋派是贬还是褒,大概从命名那一天起就争议不断;其实这是文学评论推动文学发展的一种常态。赵树理的作品从问世起,就争议不断;赵树理文学自从被纳入政治谱系、延安谱系乃至被命名为"赵树理方向"后,更是争议不断。肯定之后的否定,否定之后的再肯定,如此循环还会继续下去。山药蛋派的产生、争论同样如此,这也是山西文坛争议不断的命题。韩石山对此应该是相当了解的。

对山药蛋文学流派争论几十年了,笔者想引用一下马烽的话来说明这个问题:"说有也有,说没有也没有。大家约定俗成,渐渐把以前的'赵树理文学流派''以赵树理为代表的山西文学创作流派''山花派'等名称,统一到了'山药蛋派'上,大概是因为这个名称比较简练、生动和具有特色吧!""有人担心提倡流派,会限制作家创作风格的自由发展。我觉得不会,任何一个作家也不会削足适履。即使属于同一流派的作家,各个人和各个人的作品也不可能是一个模子里拓出来的货色。如果有朝一日与别的花卉嫁接,出现了新的品种,那也是一件大好事。"说得既通俗又深刻。

现在,真正让人焦虑的是:山药蛋派如何"青出于蓝而胜于蓝",如何弟子超越老师,如何再创山西文学的辉煌。

这是一个十分重大的问题,所有关心山西文学的人都在关注着这一问题。

第一代山药蛋派作家,一直在思考这个问题。"文化大革命"中,赵树理被迫害致死,反复酝酿、构思的《户》自然胎死腹中。马烽、西戎、孙谦、李束为、胡正历经磨难,幸运地活了下来。他们不忘初心,又逢改革开放盛世,很快拿起手中的笔,继续奋斗,创作了许多新的作品。他们的作品,当然充满了山药蛋味道,但他们所苦苦追求的,是跟上新的时代,创作出有时代特色的新作品,努力超越自己。

他们关心、影响的山药蛋派第二代,如韩文洲、刘德怀、杨茂林等,进入了创作旺盛期。他们以能成为山药蛋派的传人为荣,但他们既没有老一代人阅历的丰富,也缺乏当代文学的系统训练,更不适应改革开放后突然涌进来的西方各种文学观念。他们在努力,他们在创作,如大连会议上受到表彰的韩文洲,但他们很难冲上时代的高峰。

真正有希望的是第三代,他们上过大学,系统地接受过现代文学教育,同时受到了中外文化的熏陶;他们被分配到了山区和基层,和农民群众摸爬滚打在一起。第一代人始终关注着后继有人的问题,他们发现一个培养一个,千方百计为他们的成长创造环境。一旦发现他们的才华,立刻调到省市文联部门。当然,他们的创作特色已各有显露,有被称为山药蛋派的张石山,也有立志走新路的韩石山。他们是承上启下的一代,如张平、李锐、成一、周宗奇等,他们统称为晋军,正在崛起,在全国很有影响力。他们在文学创作的某些领域可以说超越了山药蛋派文学,但总体上还没有超越,还没有产生像赵树理、马烽那样的代表人物。在他们影响下涌现出的新人则被称为后赵树理时代的作家,一些人崭露头角,多次荣获鲁迅文学奖等大奖。

那么为什么焦虑呢?大概看到全国文学的发展态势,涌现出了陈忠实、路遥、贾平凹等在全国很有影响的一代人物,涌现出了莫言,涌现出了余华、格非等,而山西没有涌现出这样的人物。造成这种状况的原因很多,既有主观的原因,又有客观的原因。受山药蛋派文学影响很深是原因之一,但不是根本原因。

最为重要的原因是什么?

笔者想举陈忠实的例子。

陈忠实是受赵树理影响而走上文学道路的。走上文学之路后,陈忠实先是崇拜刘绍棠,既而以柳青为师,刻苦写作。在这一过程中,他又虚心学习苏联文学创作,十分崇拜肖霍洛夫的《静静的顿河》。路遥获得文学奖后,更是刺激了陈忠实下苦功创作的决心,十年磨一剑,终于写出了当代文学中已成为经典的《白鹿原》。陈忠实的历程告诉我们,当你已经登上文学之路的高台阶后,一定要选准方向坚持,既要博采众长,又要走自己的路。这一点,对于中国当代文学来讲,具有普遍的借鉴意义。

山药蛋派不是一堵墙,挡住了谁前进的路;山药蛋派也不是一张网,罩住了谁的辉煌前程。

## 四、山西的文脉究竟是什么

韩文的主旨在哪里呢?

请看最后一段话:

由此可以看出,山西的文脉,是怎样的一个线索。影影绰绰,是不是这样的几个点,连成了似显不显的一条线。这几个点便是:

鲁迅—周文—丁玲—马烽。

我不敢说,我说清了一个问题,我觉得,曲曲折折地,总算说清了我的意思。

这时候,笔者终于明白了韩石山的意思。

说到山西的文脉,笔者没有多少发言权,但就韩石山提出的这条线,笔者想提几个问题向韩石山请教。

第一个问题:鲁迅和山西文脉的关系。

早在20世纪80年代,在纪念鲁迅诞辰100周年的时候,董大中等人即开始了以鲁迅与山西为主题的研究,虽然断断续续,但是成果很多,成果之一就是高长虹与鲁迅关系的研究。在一定时期、一定条件下,我们注重了他们的同;在一定时期、一定条件下,我们则强调了他们的异,但这都不全面。

就在深化赵树理的研究过程中,董大中越来越感觉到赵树理对鲁迅的传承。

同样在山药蛋派命名的过程中,李国涛有了一个重大发现和判断:赵树理民族化、大众化风格的形成,或者说他在艺术上的成熟,是在20世纪30年代中期,具体一点是以《盘龙峪》的写作为标志,那是鲁迅、瞿秋白于上海进行文艺大众化的讨论在太行山山沟里产生的结果。

这是李国涛对中国现代文学研究的一个贡献。

时间又过了20多年,钱理群强化了这一认识。钱理群在所著《岁月沧桑》中详细剖析了赵树理的三重身份及新中国成立后的处境、心境、命运。

> 如果我们再对1934年前后鲁迅关于文艺大众化的思考做一番考察,就可以发现,"赵树理"的出现,也正是在鲁

迅的期待中的。鲁迅在1930年写过一篇题为《文艺的大众化》的文章，一方面呼吁"多作或一程度的大众化的文艺"，"应该多有为大众设想的作家，竭力来作浅显易解的作品，使大众懂得、爱看……"对照鲁迅的呼唤，反观赵树理的创作，就不难看出，赵树理至少在三个层面上满足了鲁迅的期许：他正是"为大众设想的作家"，他的"浅显易解的作品"，确实"使大家能懂，爱看"；他正是在新的"政治之力"创造的新社会里，终于出现的真正成为"大众中的一个人"的新型作家。

鲁迅当年与农民（阿Q、润土们）之间的隔膜，在赵树理这里已经不复存在，而赵树理的所有努力，也正集中在使沉默的农民"自己觉醒，走出，都来开口"。韩石山今天提出了马烽与鲁迅的关系，应该引起重视。马烽曾写过《杂忆读鲁迅的书》一文，很值得读一下。

第二个问题：延安文艺和山西文脉的关系。

大家知道，以马烽为首的山药蛋派五主将，是在《延安讲话》精神指引下成长起来的，非常具有代表性。从仅仅上过高小、爱好文艺的青年战士（20岁左右）成长为著名作家，这也是中国抗日战争和解放战争创造的一个文学奇迹。他们在参加延安部队艺术学院培训后，重回连队，逐步成为文艺工作者，于1944年秋天调入《晋绥大众报》担任编辑。

随后，晋绥分局宣传部秘书长周文兼任晋绥大众报社长。周文在20世纪30年代即已成名，是追随鲁迅先生的左联战士，在鲁迅先生的指导下将苏联小说《铁流》《毁灭》改编成通俗故事出版。深知培养人才重要的周文对崭露头角的马烽、西戎十分喜欢，给他们出课题、压担子,帮助他们修改文章、写序言,终于促成了《吕梁英雄传》的成书和出版。对于马烽和西戎的成长,周文功不可没,可以说是马烽、西戎在文学成长道路上第一位真正意义上的导师。可惜,1946年周文即调离晋绥。马烽、西戎终生难忘周文对自己的培养,在文章中多次提到这位恩师。

笔者想说一件事,无论是马烽还是西戎,都提到他们在晋绥时,已读到赵树理的《小二黑结婚》和《李有才板话》,很受鼓舞。周文担任社长后,曾要求编辑部把《晋绥大众报》真正办成"粗通文字的人能看懂,不识字的人能听懂"的通俗报纸。这既是赵树理文学主张在根据地和解放区的传播,也说明赵树理、马烽、西戎等人的文学创作一脉相承。

第三个问题:丁玲与马烽是不是文脉传承的关系。

首先引用一段韩文:

富有戏剧性的是,在延安办过鲁迅文学院,且以此拼凑了自己的班底的周扬,胜利后一朝大权在握,忘了办学校的重要性,竟让丁玲棋先一着。未必是有意为之,起初或许仅是一种责任感,50年代初期,丁玲办了个中央文学研究所(以下简称文研所),到57年反右前,接连四期,培养了一大批解放区出身的作家。这些人,有作家的一面,也有革命干部的一面,在中国的政治运动中是不易倒台的,后来大都成为各省区文艺界的铁腕人物。这样一来,当上面的丁玲一干人纷纷落马后,全国的文艺界便呈现了一种奇怪的局面,上面是周扬一派掌权,各地又多是丁玲的弟子掌权,如山西的马烽、安徽的陈登科等。

在这里韩石山犯了一个常识性的错误,在他的眼中,文研所似乎是丁玲一个人办起来的,而与中宣部、文化部、中国文联无关,更与周扬无关。事实上,周扬是领导,让丁玲当所长是周扬同意的。当然,就文研所这件事来说,丁玲出力最多,贡献最大,也最辛苦,这是无可争议的事实。比如,西戎上文研所,就是丁玲促成的。文研所筹办之时,西戎已随解放军南下,在《川西日报》工作,听到消息后报名,当地组织就是不放他走。西戎找马烽,马烽找丁玲,丁玲亲自给四川省委宣传部打电话,又跑中宣部催调,最后还通过中组部,西戎的学习愿望才得以实现。对于丁玲的热心、负责,西戎终生难忘。

丁玲不仅是所长,而且还是怀着大爱的导师。她不仅讲课,讲自己创作的经历和经验,而且还和学员们一次又一次地谈心。丁玲身上笼罩着种种光环,从《莎菲女士的日记》到《太阳照在桑干河上》,"昨日文小姐,今日武将军"的传奇,斯大林文学奖的获得者,使年轻的学员们真正受到了全方位的教育。丁玲出任文研所所长之事,确是新中国成立之初的一大盛事。

但讲课的并不只是丁玲,那时讲课的都是中国文坛的顶级大师,郭沫若、茅盾、老舍、曹禺都来了。周扬讲文艺理论课,聂绀弩讲《水浒传》,郑振铎和李何林讲古代、现代文学史,游国恩、余冠英讲古典文学,曹靖华、冯至讲外国文学,蔡仪、黄药眠讲美学。俞平伯、胡风、冯雪峰、周立波都做过专题讲座。赵树理虽然忙于大众文艺的事,但是也去做了小说语言的讲座。

同丁玲关心西戎上学一样,赵树理关心陈登科上学一事,也是中国文艺界的佳话。赵树理在主编《说说唱唱》的时候,发现了陈登科。陈登科因文化水平低,错别字很多,投稿差点被退回。是赵树理发现了陈登科的创作潜力,将陈登科的稿子从弃稿中捡回来,耐心说服其他编辑加工整理后发表,并致信陈登科,一方面鼓励他,另一方面提出修改意见。陈登科的文章在《说说唱唱》发表时,赵树理还写了《〈活人塘〉四人赞》的文章予以推荐。文研所成立,赵树理不仅替陈登科报了名,还给安徽写信,推荐陈登科上学。刘真上学后,创作中遇到困难,经老师严文井推荐,赵树理认真帮助修改。

所以把文脉传承为丁玲对学员们的培养,是不是过于简单了呢?

从鲁迅先生开始,对于年轻人才的发现、培养和提携,实乃中国文艺界一大优良传统。丁玲、赵树理都是如此,但和中国文脉的传承又不完全等同。丁玲是马烽、西戎文学道路上成长的又一位真正意义上的导师,但这并不意味着马烽、西戎传承了丁玲的文脉。

另外还有一个问题:周文与丁玲,他们是文脉传承关系吗?

周文与丁玲显然不是传承关系,而是从20世纪30年代起即参加左联的战友关系,韩文在这里列出的周文、丁玲应是并列而不是传承关系。韩石山的意思是说,马烽五战友先受到周文的影响,后受到丁玲的教诲。单纯从马烽等人的文学成长史来看是说得通的,但上升到山西文脉,则有点牵强附会了。赵树理到哪里去了?

为了山西文学的发展,也为了中国文学的发展,山西的文脉研究是个大课题。进入21世纪以来,山西文学的领导者、组织者、研究者做了许多有益的事情。

山药蛋派的研究很有成果,大众文化出版社于2000年出版了《马烽文集》,山西则于2001年出版了《西戎文集》《孙谦文集》《李束为文集》《胡正文集》。

最有代表性的当然是《山西文学大系》的编辑出版(2005年山西人民出版社出版)。这是由山西省委宣传部主持、山西大学文学院承担的世纪性的重点课题和重点工程,对把握山西文学发展的历史脉络,总结山西文学发展的内在规律,探讨山西文学各类文体流派的源流,对继承山西优秀历史文化传统,包括山西的革命文化传统,有着重要的意义,对山西文脉的研究同样具有重要的意义。

可惜,对这些文献的研究成果并不多。

韩石山再次带头提出并研究这一问题,希望专家学者、有识之士都来关注,推动山西的文脉研究。

（本文原载《中国赵树理研究》2019年第2期）